LE SILENCE DE L'INNOCENCE

SOMALY MAM

Le Silence de l'innocence

ÉDITIONS ANNE CARRIÈRE

ISBN : 978-2-253-11829-9 – 1re publication LGF

A Pierre,
sans lequel l'Afesip n'existerait pas.

NOTE DE L'ÉDITEUR

Certains noms de personnes et de lieux ont été changés afin de préserver la sécurité des femmes et des enfants concernées.

1. « Il ne faut pas chercher à connaître le passé »

Je m'appelle Somaly. Enfin, c'est le nom que je porte actuellement. Comme tout le monde au Cambodge, j'en ai eu plusieurs. Un nom résulte d'un choix provisoire. On en change comme on change de vie, si la malchance s'acharne sur vous, par exemple. Mais je me souviens mal des noms que j'ai portés quand j'étais petite.

D'ailleurs, je ne me souviens pas de ma petite enfance. Je ne connais pas grand-chose de mes origines, et j'ai reconstitué après coup, d'après de vagues souvenirs, ce peu d'histoire.

Je suis née dans le village de Bou Sra, dans la province de Mondolkiri, à l'est du Cambodge, non loin des hauts plateaux du Vietnam, et j'y ai passé mes premières années. C'est un pays vallonné couvert de savane et de forêts. Les populations locales ne sont pas khmères. Dans le pays, on les connaît généralement sous le nom de Phnong – ce que les gens traduisent par « sauvages ». Elles appartiennent à un très ancien fonds de peuplement et font partie des « minorités ethniques », selon l'appellation officielle, ce qui ne veut pas dire grand-chose. Les Français, eux, les appelaient « montagnards ». Se reconnaissent comme khmères les populations ayant fusionné dans la grande plaine centrale et qui vivent de la rizière inondée. Dans les montagnes et les collines entourant cette plaine, on vit au contraire du riz sec et de la cueillette des produits de la forêt.

Aujourd'hui encore, quand j'ai l'occasion de pénétrer dans la forêt, je me retrouve chez moi, j'éprouve des sensations qui remontent fort loin dans mes souvenirs. Je reconnais les odeurs, les plantes, je sais distinguer les produits comestibles. Je ne connais pas les noms, mais je connais les choses. Je me souviens ainsi que, comme on n'avait pas de sel, on faisait cuire la viande avec toutes sortes d'herbes sous de la cendre, car la cendre apporte du sel.

Les habitations étaient rondes, surmontées d'une légère charpente de bambou, et elles comportaient deux entrées. Le toit et les murs étaient de chaume, qu'on appelait *sbeu*. L'intérieur était partiellement occupé par une sorte de grande claie, sur laquelle on dormait et on rangeait les objets. Près d'une entrée, un foyer servait à la cuisine ; il donnait un peu de chaleur car les nuits étaient froides. J'ai le souvenir d'avoir eu froid tout le temps. Il est vrai que nous n'avions guère de vêtements. Les hommes se couvraient d'un bout de pagne, et passaient la plupart de leur temps à la chasse. Le soir, il n'y avait pas de lumière.

A cette époque-là – au début des années 1970 –, on n'achetait rien car on n'avait pas d'argent. On devait se procurer dans la nature ce dont on avait besoin. Si on voulait un chou, on allait le demander à un voisin qui en avait planté ; il le donnait sans poser de conditions. Maintenant, c'est différent : les gens de Phnom Penh, qui viennent en week-end ou en vacances, débarquent avec leurs gros 4 × 4 et des liasses de billets plein les poches. Tout le monde aujourd'hui sait ce qu'est l'argent !

Quand je retourne dans la région de Mondolkiri, je vois bien que je suis du même sang que les gens qui vivent là. Nous formons une sorte de famille. J'ai des relations étroites avec certains villageois. La dernière fois que j'y suis allée, certains ont parcouru à pied des dizaines de kilomètres pour venir me voir. Les membres de ces « minorités » sont ainsi : ils ont conservé une pureté intérieure, elle les préserve d'être corrompus par l'argent et la prétendue civilisation urbaine qui détruit la morale traditionnelle.

Je me souviens qu'en 1994, à Kratié où je me trouvais avec Pierre, mon mari, on nous a parlé d'un guérisseur qui recourait aux remèdes traditionnels et on m'a suggéré d'aller le voir. Je me suis brusquement rappelé que je faisais partie, moi aussi, des « minorités ethniques ». Aussitôt, l'homme s'est adressé à moi dans sa langue. Je ne la comprenais pas, mais je saisissais très bien ce qu'il voulait dire. Peut-être était-elle proche de celle qu'on parlait à Bou Sra ? C'était la première fois que me revenaient par bribes des souvenirs de mon enfance. Ce soir-là, je n'ai pas pu dormir. Je commençais à me rendre compte que je ne savais pas d'où je venais, ni qui j'étais.

Dans cette région, la nourriture aussi est complètement différente de celle des Khmers, qui, d'ailleurs, ne la supportent pas. Quand je suis revenue, presque vingt-cinq ans après être partie, j'étais anxieuse à l'idée de rencontrer ces gens, je me demandais quel accueil ils me feraient. Mais j'ai reconnu sur-le-champ la nourriture. Elle se compose de viande séchée avec de la bouse de vache, de piments, de pousses de bambou amer, le tout pilé ensemble, avec lequel on confectionne des boulettes, qu'on roule dans la main et qu'on mange avec du riz. À cela on ajoute toutes sortes d'herbes ramassées dans la forêt. La première fois que j'ai retrouvé cette nourriture, j'en ai mangé à me rendre malade.

Le riz provient des rizières locales. La rizière se développe au détriment de la forêt, qu'on brûle. Mais la terre s'épuise vite et, au bout de quelques années, on est obligé d'aller chercher plus loin un sol fertile. Je me souviens que nous parcourions des distances énormes – énormes pour mes petites jambes – avant d'atteindre la montagne et d'en rapporter le riz. Il fallait parfois marcher plusieurs jours. On transportait tout dans des hottes, car il n'y avait pas de charrettes ni d'animaux de trait, comme on en voit dans la rizière inondée des Khmers. Quand on marchait dans la forêt, il fallait sans cesse surveiller les branches basses des arbres car c'était là que se trouvaient les serpents. Lorsque j'y retourne maintenant, je suis encore capable de dénicher les champignons à leur simple odeur. On attrapait aussi beaucoup d'insectes pour les manger, des sauterelles, des fourmis. J'adore les fourmis ! C'est là-bas que je me sens chez moi, protégée. À Phnom Penh, dans la grande ville, je reste une étrangère.

Quand je vais là-bas, j'achète des jarres d'alcool de

riz pour les rapporter à la maison. C'est une boisson saine, pas très alcoolisée, que j'aime beaucoup. On boit à la jarre à tour de rôle, en aspirant à travers un bambou dont on se sert en guise de paille. Beaucoup de Cambodgiens parmi mes collaborateurs ne peuvent pas en consommer ; ça leur donne mal à la tête. J'ai dû en boire quand j'étais petite, ce qui expliquerait que j'en aime le goût. Plus tard, à Kompong Cham, je buvais aussi de l'alcool avec les autres. D'habitude, les femmes et les jeunes filles khmères s'abstiennent, mais moi je le faisais pour me donner de l'importance. Nous, les minoritaires, sommes souvent amenés à essayer de nous valoriser dans la société khmère à cause de l'image d'êtres rustres, proches de la nature, un peu sorciers, toujours incontrôlables, qu'on nous attribue. Comme dans tous les stéréotypes, il y a là un fond de vérité... et aussi beaucoup de projections : les Khmers croient volontiers que ces prétendus sauvages des montagnes sont cannibales. D'ailleurs, ils en ont souvent une peur bleue.

Il y avait également de grandes fêtes au cours desquelles on sacrifiait un buffle. Plusieurs villages se réunissaient et c'étaient des agapes sans fin, arrosées d'alcool de riz. On dansait, les gens s'amusaient.

Je me souviens des chutes d'eau, dont le bruit résonne encore à mes oreilles. Nous, les enfants, nous baignions nus au pied des cascades, en jouant à perdre haleine. Dans l'ensemble j'ai de bons souvenirs de cette période de ma vie, mais ils restent assez vagues. C'était un autre monde, une existence très différente de celle qu'on connaît dans le Cambodge des grandes plaines et des fleuves.

Pour un oui ou pour un non, si quelque chose ne leur plaît pas, les montagnards s'en vont. Une maison, c'est vite construit. Par exemple, ma grand-mère, avec qui j'ai passé ma toute petite enfance, a quitté le village. Nul ne sait où elle se trouve actuellement. Un jour, elle est venue à Phnom Penh. C'était l'époque – vers 1992 – où Pierre et moi avions un bar, L'Ineptie. En rentrant de faire les courses, on m'a dit que des *Khmers lœu* (des montagnards) s'étaient présentés avec quatre ou cinq éléphants pour me voir. Pierre et moi avons sillonné la ville pour les retrouver. En vain. J'ai cru comprendre que c'était elle qui était venue.

J'ai oublié ma langue maternelle. Quand je l'entends, j'en reconnais les sonorités, mais je serais incapable de la parler. J'ai appris plus tard le cham, dont il ne me reste que quelques mots, ainsi que d'autres langues, que j'ai oubliées tout aussi vite.

Dans mon village, j'habitais chez un homme qui s'appelait Taman et m'avait fait une place dans sa maison. C'était un Cham (prononcer *tiam*), un Khmer musulman. Je me souviens aussi de Pou Prang, un autre habitant qui me donnait à manger. Je me rappelle d'autres visages, sans pouvoir mettre un nom dessus. J'ai même oublié celui de ma grand-mère. Je n'ai connu ni mon père, qui devait être un Khmer, ni ma mère, qui était originaire de Bou Sra. Comme tous les gens d'ici, membres des minorités ethniques, elle avait une peau sombre, dont j'ai hérité, un teint cuivré, qui plaît en Occident mais que les Cambodgiens trouvent « noir » et jugent disgracieux. Au Cambodge, et dans toute cette région d'Extrême-Orient, on est très sensible à la couleur de la peau. Plus on a le teint pâle, plus on est prisé. Une femme grassouillette, à la peau blanche, fait l'objet de toutes les convoitises masculines. Une fille comme moi, noiraude et maigrichonne, ne fait envie à personne. Les membres des minorités ethniques, ceux que la nature a dotés d'une peau brune, ou même tout simplement les paysans tannés par le soleil souffrent toujours de ce handicap quand ils s'aventurent dans les villes du Cambodge peuplées de Chinois au teint pâle et de Khmers soucieux de s'enduire de crèmes pour éclaircir leur peau.

Maintenant que je suis connue et que j'ai un peu d'argent, toutes sortes de vieilles femmes viennent me trouver en prétendant être ma mère : « Ne vois-tu pas que je suis ta mère ? Viens, maintenant, tu dois te blanchir la peau ! » Mais qui donc est ma mère ? Mon père adoptif me conseille de me regarder dans un miroir avant de me choisir une mère qui me ressemble...

Je me demande souvent qui je suis. Ce que l'on m'a raconté sur mes parents biologiques, du moins le peu que j'en sais, n'est peut-être pas vrai. Souvent, quand je voyage à l'étranger, on m'interroge sur mes origines, on me demande si je viens d'Afrique, d'Ethiopie ou, justement, de Somalie. C'est un hasard, évidemment, si mon nom sonne comme celui de ce pays africain. Moi-même, je me demande si des étrangers ne seraient pas arrivés au Cambodge, à une certaine époque... Tout cela relève peut-être du fantasme, mais ce qui est sûr, c'est que j'aimerais connaître mon identité exacte, savoir précisément qui je suis, et je n'ai pas de réponse à cela. Par chance, je n'ai pas trop de temps pour penser à ces choses-là.

Je vivais comme une sauvageonne puisque je n'avais pas vraiment de famille. Je dormais à droite, à gauche, je mangeais chez les uns, chez les autres. J'étais chez moi partout et nulle part. Je participais aux jeux des autres enfants et aux tâches qui leur incombaient : aller à la cueillette, rapporter de l'eau. Je me cherchais toujours une mère, pour être dans ses bras, l'embrasser, être câlinée, et j'étais très malheureuse de ne pas en avoir une, comme tout le monde. Mes seuls confidents étaient les arbres. Je leur parlais et leur racontais mes malheurs. Ils m'écoutaient, me comprenaient et m'adressaient des signes discrets. C'étaient mes amis, mes seuls amis sûrs, avec la lune. J'étais certaine qu'ils ne répéteraient pas ce que je leur disais. Aujourd'hui encore je dialogue avec les arbres. Quand la situation devenait intenable pour moi, je me confiais aux chutes d'eau. Je voyais bien que l'eau, qui avait recueilli mes confidences, ne pouvait remonter son cours et trahir mes paroles. Évidemment, j'aurais préféré me confier à ma mère. Avec la mère adoptive que j'ai rencontrée plus tard, il n'était pas possible de parler, ce n'était pas son genre. C'était une Chinoise revêche. Elle battait facilement ses propres filles, surtout si elle en surprenait une qui éprouvait une inclination pour un garçon, ce qui était totalement interdit.

J'ai passé mon enfance dans ce village de montagne sous le régime de Pol Pot, mais je ne me souviens pas d'y avoir vu de soldats khmers rouges. La vie était collectiviste depuis toujours, tout le monde était solidaire, par conséquent les Khmers rouges n'intervenaient pas dans nos contrées reculées, pauvres, sous-peuplées, sans intérêt particulier, et que l'État avait toujours ignorées. Dans le village, on n'avait jamais vu de médecin, ni même d'infirmier, de bonze bouddhiste ou de maître d'école. Nous vivions en autarcie.

Mais, un jour, j'avais alors une dizaine d'années, Taman, que j'appelais « mon oncle », m'a confiée à un vieil homme de sa famille qui est devenu par là même mon « grand-père ». Ce « grand-père » était un Cham qui faisait le commerce du *klom tian*, du bois de santal, une essence qui pousse en petites quantités dans nos forêts. Il m'a vue, a eu un coup de cœur pour moi et a demandé à Taman s'il pouvait m'adopter. Je pensais que si je partais avec lui, je pourrais retrouver mes parents. J'étais très contente.

Au début, j'aimais bien ce « grand-père » parce que jusque-là, dans ma courte vie, il n'y avait pas eu grand monde pour s'occuper de moi. Nous avons fait un très long voyage, qui nous a amenés au Vietnam jusqu'à Dalat, sur les hauts plateaux. De là nous sommes redescendus vers Saigon, et rentrés au Cambodge par la nationale 1, à Bavet. Ça nous a pris je ne sais combien de jours. On ne s'embarrassait pas de passeports pour passer les frontières ! Nous avons traversé des endroits où vivaient toutes sortes de gens. Pour moi, c'était effarant, cette diversité des visages. Le « grand-père » m'a emmenée dans le village de Thloc Chhroy, non loin de Kompong Cham, un gros bourg situé au milieu des plaines, au bord du Mékong.

Je n'étais pas bien vue dans ce village, surtout parce que les autochtones me trouvaient laide et noire. Avec ma peau sombre et mes longs cheveux, ils me prenaient pour une sauvage tombée de son arbre. Ils me lançaient des insultes quand je passais dans la rue, me disaient que je n'avais pas de père. J'ai compris, au fil du temps, que je m'étais retrouvée par le plus grand des hasards dans le village dont mon père biologique était sans doute natif. Beaucoup de gens ont prétendu qu'il avait disparu à l'époque de Pol Pot, vers 1972, alors que j'avais un an ou deux. C'étaient la guerre et la révolution, quantité de gens avaient été emportés dans le tourbillon des événements sans que les survivants aient pu retrouver leurs traces.

Je me souviens d'un jour où il pleuvait, il faisait froid ; je voyais les autres enfants se serrer contre leurs parents pour dormir. Moi, j'étais seule, transie, parcourue de frissons. J'ai pleuré. J'ai pensé que si je revoyais mes parents, je les giflerais puis je les tuerais. Ils ne m'avaient donné aucun amour. C'est encore mon sentiment aujourd'hui ; je l'éprouve peut-être même davantage qu'autrefois. J'ai fait faire des recherches pour tenter de les retrouver, y compris parmi les Cambodgiens partis à l'étranger dans les années 1980. Mais mon père adoptif m'a donné ce conseil typiquement khmer : « Il ne faut pas te faire mal, il ne faut pas chercher à connaître le passé. » Je l'ai finalement écouté. Lui doit savoir ce qui s'est réellement produit, mais il ne m'en a jamais parlé. Et, depuis que j'ai eu mon premier enfant, je ne ressens plus ce besoin lancinant de retrouver mes parents.

Une fois arrivée au village, j'ai eu du mal à avaler ce qu'on me donnait à manger, en particulier ce *prahoc* (de la pâte de poisson fermentée), dont les Cambodgiens raffolent. En échange de ma nourriture, je devais travailler pour le « grand-père ». Travailler signifiait aller chercher de l'eau au fleuve, laver le linge, faire les courses. En réalité, j'étais une sorte d'esclave. On m'avait vendue à ce vieil homme qui n'avait ni femme ni famille. Je l'ai appris plus tard, la société cambodgienne avait coutume d'aller chercher des esclaves domestiques parmi les populations montagnardes voisines. L'esclave était intégré dans la famille au rang le plus subalterne, évidemment, et traité durement, comme le voulait la règle tacite.

Le commerce du « grand-père » n'était pas florissant ; il perdait de l'argent en jouant aux cartes et, bien que musulman, il buvait. Personne ne savait d'où il venait. Il parlait cham, khmer, viêt, chinois. C'était un bourlingueur, un barbu aux cheveux blancs âgé de plus de cinquante ans, un âge canonique chez nous. Et s'il n'avait pas d'argent au moment où il voulait boire, il me battait en usant d'un rotin, une fine tige souple et coupante qui me faisait terriblement mal. Pour gagner quelques sous, je devais aussi travailler chez d'autres, en me chargeant de la corvée d'eau. Il s'agissait d'aller remplir des seaux au fleuve et d'en reverser le contenu dans les grandes jarres qui servaient de réserve domestique. Le fleuve n'était pas loin, mais la berge était formée par un haut talus de glaise. Je portais les seaux accrochés à une palanche, sur l'épaule. Au début, je peinais à remonter le talus, je glissais, je tombais, les seaux en zinc au rebord coupant m'entaillaient les jambes, ils étaient trop lourds pour moi. J'avais les pieds en sang, dans la boue, et personne pour m'aider. L'infection s'y est mise, le pus dégoulinait sur les croûtes. J'avais peur que mes pieds pourrissent. Comme il n'y avait pas de médicaments, j'ai fait bouillir des feuilles de tamarinier, j'ai ajouté du sel et j'ai pris un bain de pieds. Je ne voulais plus continuer mais le « grand-père » m'a forcée. Il avait besoin du peu d'argent que j'arrivais à gagner de cette manière : on me donnait dix riels une fois que j'avais rempli une jarre, une misère !

Je devais aussi aller repiquer le riz, passer des heures les pieds dans la boue. J'ai passé ainsi un mois de pur cauchemar, puis j'ai surmonté tout ça. Je me levais à 4 heures du matin pour remplir les jarres de plusieurs familles, et le soir, faire de la farine de riz, qui servait à confectionner les nouilles qu'on mettait dans la soupe *ku tieu*, vendue dans la rue. Tout se faisait à la main à l'époque. Pas d'électricité, pas de machines. On versait le riz sur une meule fixe et l'on faisait tourner par-dessus une meule mobile qui le réduisait en farine. Ces pierres étaient lourdes pour une enfant de dix ans, mais il fallait bien rapporter les quelques billets dont le « grand-père » avait besoin. J'étais éreintée, épuisée, mais je n'avais pas le choix.

Quand j'en avais l'occasion, je partais en bateau pêcher sur le fleuve. En revendant le poisson, je gagnais quelques riels. Le « grand-père », lui, ne travaillait pas, il attendait que je rapporte de l'argent. D'ailleurs, franchement, dans cette société, les hommes ne se fatiguent pas : ils labourent la rizière, vont à la pêche quelques jours par an, et tout le reste, ce sont les femmes qui le font : planter le riz, entretenir la rizière, moissonner, et dans le même temps s'occuper des enfants et de la cuisine, de la corvée d'eau et de la lessive. Les hommes, eux, dorment et vont jouer aux cartes.

Il y avait dans le voisinage une famille chez laquelle je pouvais manger et dormir. J'y étais bien accueillie. C'était celle du maître d'école, Mam Khon, dont on m'avait dit que c'était mon oncle paternel ; peut-être savait-il que j'étais sa nièce, peut-être n'en était-il pas encore sûr. La seule chose qu'il m'ait dite, c'est que je ressemblais à mon père naturel, que j'avais comme lui un sale caractère. Peut-être mon père biologique avait-il eu une vie peu recommandable ; dans ce cas, ne pas m'en parler était un acte protecteur envers moi. Car si j'avais su quel homme était mon père, j'aurais appris quelles fautes il avait commises et elles auraient rejailli sur moi ; j'aurais dû en prendre la responsabilité. L'ignorance interrompt la transmission – ce que les bouddhistes appellent le *karma*, le destin.

Mam Khon était un homme foncièrement bon, qui recueillait chez lui des élèves démunis. Il y avait là un tas de gamins, les siens et ceux des autres, parmi lesquels je pouvais trouver une petite place. Un jour, il est allé demander au « grand-père » l'autorisation de me prendre à l'école. Le vieil homme a accepté à la condition que cela ne change rien pour lui. Je me levais donc à 3 heures, j'allais chercher de l'eau, je me lavais et je me rendais à l'école le matin de 7 heures à 11 heures. L'après-midi je travaillais encore, et le soir je fabriquais la farine. C'est comme cela que j'ai vraiment appris le khmer et que j'ai complètement oublié la langue de mon enfance, que personne ne parlait à Thloc Chhroy.

Je me souviens de la fierté que j'ai éprouvée en mettant pour la première fois ma jupe bleu marine et mon chemisier blanc d'écolière, un uniforme porté par plusieurs générations de jeunes filles. J'étais enfin comme tout le monde. Les insultes que j'entendais dans les rues du village n'avaient plus cours à l'école. J'apprenais vite et bien. J'adorais l'école. J'étais souvent dans la maison du maître d'école, qui me traitait comme un de ses propres enfants. Depuis cette époque, j'ai gardé l'habitude de l'appeler « Père ». Et aujourd'hui, vingt-cinq ans plus tard, il est toujours près de moi.

2. La fin de l'innocence

La vie aurait pu se poursuivre ainsi si le « grand-père » n'avait été sous l'empire de la boisson. Ses affaires ont commencé à péricliter. Il avait prêté de l'argent, qu'on ne lui avait pas rendu. À l'idée d'en manquer pour s'acheter à boire, il était pris de frénésie. Il saisissait le rotin et me battait comme plâtre, après m'avoir attachée pour mieux me rosser. C'était l'enfer. Je le fuyais. Je passais à la maison pour les corvées d'eau et lui laisser les quelques pièces que je gagnais péniblement ; le reste du temps, j'étais à l'école ou chez le maître d'école. Le soir, je dormais là, ou j'allais coucher au bord du fleuve. Les reflets de la lune miroitant sur l'eau m'apaisaient et je pouvais dormir à couvert, parfois, sur les bateaux de pêcheurs amarrés pour la nuit près des maisons sur pilotis.

Cette existence a duré plusieurs années. J'ai appris à lire et à écrire. À raison de deux ou trois heures d'enseignement par jour, je faisais des progrès considérables. Mes appréhensions du début avaient pris fin. Au début, je me sentais différente des autres enfants à l'école, et je redoutais leurs réactions. Les Chinois du village, qui se croyaient supérieurs et me surnommaient « Noiraude », « *khmoue* », s'imaginaient que si l'on n'est pas à demi chinois, on est forcément moins vif, moins intelligent. Je me suis mise alors à travailler d'arrache-pied et je suis devenue la première de la classe. C'était encore la période communiste, et les meilleurs élèves recevaient en guise de récompenses du tissu, du lait, du riz. Au cours de danse – la danse traditionnelle cambodgienne –, on avait jugé que, sur mon teint sombre, le maquillage ressortirait très bien le soir. On a commencé à me trouver jolie, non le matin à l'école, mais le soir à la danse !

L'après-midi, je restais dans la maison de Père à bavarder avec les autres filles ou avec son épouse, une femme assez dure et autoritaire avec laquelle je ne partageais aucune intimité réelle. C'était une authentique famille cambodgienne, c'est-à-dire que l'on n'y parlait jamais de questions personnelles. Ç'aurait été non seulement une inconvenance, mais aussi une preuve de faiblesse, une manière d'octroyer aux autres, d'abord, et aux forces du mal, ensuite, la possibilité de vous asticoter, de vous tarauder. On ne livre jamais rien de soi, en privé comme en public. J'ai entendu un jour un homme d'âge mûr faire ce commentaire : « Nous autres, Cambodgiens, sommes des grenouilles devant le roi. Quand le roi le dit, nous sortons la tête de l'eau et nous chantons. Quand il fait un signe, nous rentrons sous l'eau. Mais si on sort la tête sans y avoir été invité, le roi la tranche vivement de son grand sabre. » Tel est le Cambodge !

Quand j'ai grandi et que j'ai commencé à rencontrer des problèmes avec des hommes, je ne pouvais donc rien en dire à la famille de Père. Un jour, le « grand-père » a essayé de tripoter mes seins, qui poussaient. Je crois qu'il voulait me violer. J'ignorais ses intentions mais je me suis échappée et j'ai tâché ensuite de l'éviter autant que possible.

Un jour, en décembre 1982 – j'avais alors une douzaine d'années –, il m'a demandé d'aller chercher du pétrole lampant chez le commerçant chinois du quartier, chez qui l'on trouvait tous les articles nécessaires à la vie courante. Cet homme faisait le commerce du riz et prêtait de l'argent à des taux usuraires. La requête du « grand-père » paraissait anodine, il n'y avait pas l'électricité et, le soir, on s'éclairait à la lampe à pétrole. Je connaissais très bien ce Chinois, j'allais souvent faire des courses chez lui. Il me donnait parfois des bonbons, des gâteaux. C'était un homme respecté dans le village. Mais, ce jour-là, sa femme n'était pas là. Il m'a fait entrer dans la réserve du magasin pour m'offrir un gâteau. Puis il m'a immobilisée d'une poigne de fer, m'a giflée à toute volée, m'a arraché mes vêtements et m'a jetée sur un tas de sacs de riz. Et il m'a violée. Ensuite, il m'a menacée : « Tu ne dis rien. Si tu cries, si tu parles de ça à quiconque, je te coupe le cou. De toute façon, ton grand-père me doit beaucoup d'argent. Si tu lui en parles, il te battra, alors tais-toi. » Le Chinois a voulu me donner quelques pièces ; j'ai refusé et je me suis sauvée. Je n'avais pas peur de lui, mais du « grand-père ». J'avais mal, je saignais, j'étais submergée par la honte. Je ne comprenais pas ce qui venait de se passer.

Le « grand-père », fou de rage à cause de mon retard, m'a battue au sang, ce soir-là.

Aujourd'hui, je peux mettre des mots sur cette scène, dire que c'était un viol ; à ce moment-là, je ne comprenais rien, sinon que je devais me taire, que c'était quelque chose dont je ne pourrais jamais parler. Pas seulement à cause de la peur que le Chinois avait distillée dans mon esprit, mais aussi parce qu'il s'agissait de choses indicibles dans une famille khmère. Jusqu'à aujourd'hui je ne l'ai pas raconté à mon père adoptif. Je me sentais bien dans cette famille, et je savais que si j'ouvrais la bouche, on me battrait. J'ai dû enfouir silencieusement en moi ma douleur, ma blessure, me laver en cachette pour essayer de faire disparaître cette souillure qui, finalement, est toujours là, telle une brûlure, que j'oublie par moments mais qui semble toujours prête à se raviver quand je constate les violences sexuelles qui semblent s'exercer partout autour de moi.

Je ne voulais plus parler, je ne voulais plus comprendre le khmer. Je me suis enfermée dans mon silence. J'ai vécu comme une sourde-muette. J'ai passé une nuit blanche au pied d'un grand manguier, et j'ai confié à cet arbre ma peine, mon dégoût de ces Cambodgiens méchants, et surtout de ces Chinois qui m'insultaient et me faisaient du mal.

Ce commerçant n'était pourtant pas pire que les autres. Il avait même souvent montré de la bonté pour moi. Par la suite, il a paru ne plus y penser, ou même avoir oublié « l'incident ». Je doute qu'il l'ait vraiment oublié mais il n'a pas recommencé.

Cependant, la fois suivante, lorsque le « grand-père » m'a demandé d'aller chercher du pétrole lampant, j'ai refusé. Il s'est mis en colère, m'a attrapée, attachée, battue.

Ensuite, il est allé chercher des fourmis rouges, celles dont les piqûres restent douloureuses pendant des semaines. Je ne me rappelle cet enfer que par bribes ; je ne veux pas me souvenir de tout.

Un jour, après m'avoir frappée, il est redevenu gentil et m'a demandé de lui faire à manger. J'ai accepté. J'ai filé au marché acheter un morceau de porc et je l'ai glissé dans sa nourriture, à lui qui était musulman. J'aurais voulu le tuer, je crois, à cette époque, j'en rêvais. Maintenant que j'avais découvert son vrai visage, je m'apercevais qu'il respirait la méchanceté. Il m'accusait de lui porter malheur. Depuis que j'étais là, disait-il, ses affaires allaient de mal en pis. C'était ma faute, tout était de ma faute.

Tout le monde trouvait normal que je sois battue par les uns ou par les autres, qui me traitaient de « sauvage noire ». Un jour où je faisais la vaisselle chez une vieille femme, j'ai eu un éblouissement et j'ai laissé tomber un verre, qui s'est cassé. La vieille a empoigné un rotin et s'est mise à me battre comme une furie. J'avais le dos en sang. À l'école, je ne pouvais pas m'asseoir tellement j'étais écorchée. J'ai eu une grosse fièvre, et mes parents adoptifs m'ont soignée. Ils ont voulu m'enlever ma chemise pour appliquer les remèdes de la médecine traditionnelle, des *moxa* [1]. Je

1. Pratique thérapeutique de la médecine traditionnelle extrême-orientale consistant à mettre la peau en contact avec un corps incandescent (souvent un bâtonnet d'armoise ou une petite quantité de poudre de cette plante). (Source : Larousse)

voulais bien prendre des médicaments, mais j'ai refusé de montrer mes plaies. J'avais les larmes aux yeux tant je souffrais. Père m'a expliqué que, dans la vie, il faut supporter la souffrance ; tout ce qu'on peut faire, c'est s'éduquer, apprendre, lire des livres qui nous permettront peut-être d'éviter les causes de cette souffrance.

Hormis mes parents adoptifs, seule une vieille femme, au village, se montrait gentille avec moi. De temps à autre, j'allais bavarder avec elle. Je lui demandais pourquoi les Cambodgiens se montraient si méchants avec les « sauvages noirs », pourquoi ils nous accusaient d'être des cannibales... Lorsque je vivais chez les prétendus « sauvages », je n'avais jamais été battue. Alors, qui étaient les « sauvages » ? De toute façon, partout, on battait les enfants, pour un oui ou pour un non. Nul n'y faisait attention. Mais maintenant, je ne peux m'empêcher de me méfier même des gens que j'aime. Je ne fais confiance à personne. Personne.

Après ces quelques jours de forte fièvre, j'ai eu mal au ventre. Tout le temps mal au ventre. On m'a de nouveau posé des *moxa*. Ça brûle tellement ! C'était si douloureux sur la peau du ventre qu'ensuite, lorsque j'avais mal au ventre, je ne le disais plus. Ces brûlures causent des plaies qui s'infectent, c'est une horreur. C'est ainsi que j'ai appris qu'il faut se taire à tout prix.

Les Khmers rouges passaient parfois au village, sans bruit, sans causer de dégâts. Ils se contentaient de discuter avec les adultes. Ils vivaient dans le maquis, sous l'occupation vietnamienne. Nous n'avons jamais eu à nous plaindre non plus des militaires vietnamiens, qui se montraient corrects, et souvent gentils. À nous, les enfants, ils offraient quelquefois à manger. J'avais de la sympathie pour eux.

Je suis retournée quelques jours dans ce village en 1987. À ce moment-là, précisément, des Khmers rouges venant du maquis ont débarqué chez mon père adoptif, qui venait d'être dénoncé pour corruption. Ils l'ont pris, ligoté sous nos yeux. Je ne sais ce qu'ils pouvaient bien lui reprocher, peut-être simplement d'être maître d'école, fonctionnaire du régime de Heng Samrin, qui avait été mis en place par les Vietnamiens, au début 1979, une fois Pol Pot chassé du pouvoir. Leur chef, nommé Somnang, est arrivé alors. Il a affirmé être un de ses anciens élèves et ne pas croire ces accusations. L'accusateur était un collègue de Père à l'école, un jaloux. Il n'empêche : les Khmers rouges sont allés chez lui, ont détruit sa maison de fond en comble avant de repartir. J'ai eu très peur. Nous avons tous eu peur. J'avais trouvé un père, je ne voulais pas le perdre.

Je me souviens qu'à l'école, sous le régime communiste qui a succédé aux Khmers rouges, on nous a demandé de décrire les souffrances endurées sous Pol Pot. Moi, à cette période-là, je vivais dans mon village de Mondolkiri, et je n'avais aucun souvenir des Khmers rouges. J'ai rendu une feuille blanche et j'ai été punie.

Mon père adoptif avait fait partie des Issarak, les maquisards ayant lutté contre les Français, à la fin de la période coloniale. Quand les soldats sud-vietnamiens ont envahi le pays, à l'époque Thieu-Ky (1970), ils l'ont arrêté et emmené. Il était alors directeur de l'école. Tous les villageois sont allés demander sa libération. Par la suite, sous les Khmers rouges, Père a été chargé de s'occuper des buffles dans le secteur des plantations. Il a vécu tous les drames de ce pays. En 1997, les mafieux sont allés brûler sa maison, au village, à cause de moi et de mes activités. Aussi l'ai-je fait venir à Phnom Penh et lui ai-je trouvé un petit boulot à l'Afesip. Il dispose d'une maison et d'une voiture, et sa femme vit avec lui. Maintenant, il dit : « Ça suffit. Laissons le passé enterrer le passé. Il me reste quelques années à vivre, tranquillement, si possible. » Comme de nombreux Cambodgiens de sa génération, il refuse d'évoquer le passé et enfouit ses souvenirs dans son cœur...

Un jour, tandis que les Khmers rouges rôdaient dans les parages, les gouvernementaux tiraient dans tous les sens. Nous, on se cachait en attendant la fin de l'escarmouche. Les balles sifflaient au-dessus de nos têtes. Un copain de ma classe est parti chercher son buffle, un travail qui lui revenait. Il était sourd-muet et ne se rendait pas compte de ce qui se passait, ou peut-être a-t-il eu peur pour l'animal. De loin, les gouvernementaux l'ont pris pour un Khmer rouge. Ils l'ont attrapé et ils lui ont coupé la tête sous nos yeux – une vision qui hante encore ma mémoire.

La guerre, on la voyait de près. Nous n'étions pas loin d'un hôpital où l'on amenait les blessés et les morts de l'armée vietnamienne. On mettait les cadavres dans des cercueils, que des camions venaient chercher ensuite. J'éprouvais de la compassion pour les blessés ; l'un d'eux était arrivé sur ses deux pieds, et il allait repartir sur un seul... Les militaires nous témoignaient en général de la bienveillance : avec leur ration, ils touchaient du lait et du sucre et nous en proposaient. Le lait ! Je me serais damnée pour un grand verre de lait ! Ces hommes venaient pour nous protéger et j'ai toujours eu de la sympathie pour eux – ainsi, d'ailleurs, que pour ceux d'en face. S'ils étaient gentils avec nous, les enfants, nous leur rendions la pareille, quel que soit leur camp. Nous ne comprenions rien aux péripéties politiques. Je me souviens de moments où nous allions travailler aux rizières pour y faire monter l'eau, nécessaire à la croissance des jeunes plants de riz. Les Khmers rouges nous rejoignaient, venant de la forêt. C'étaient de jeunes paysans, comme nous, et ils nous donnaient un coup de main. Nous parlions ensemble tout à fait naturellement, comme avec des voisins.

De nos jours, évidemment, le pays est plus prospère. Pourtant, il faut bien reconnaître que nous vivons dans un énorme chaos régi par la seule règle du chacun pour soi. Les gens au pouvoir ne savent pas agir pour le bien commun. Sous les Khmers rouges, c'était la pénurie mais il y avait l'égalité. Je pense, comme beaucoup de gens ici, que, si les Khmers rouges n'avaient pas tué autant de monde et s'il n'y avait pas eu la famine, leur régime aurait pu durer. Sous le régime communiste (ayant succédé à Pol Pot en 1979), moi qui étais pauvre, je pouvais aller à l'école. Aujourd'hui, ce ne serait pas possible, car il faut payer pour cela. À cette époque-là, le meilleur élève, celui qui était récompensé, était celui qui travaillait le mieux. Aujourd'hui, c'est celui qui donne de l'argent, voire qui sort parfois son arme devant le professeur.

S'il est vrai que les Khmers rouges avaient une propension à tuer, cette attitude est également bien ancrée dans la culture des Khmers eux-mêmes. On en voit des exemples chaque jour. C'est pourquoi il est si difficile de faire la distinction entre bons et mauvais. Ici, les gens ne disent jamais la vérité en face. En votre présence, ils vous couvriront de compliments, mais dans votre dos ils diront le contraire et affirmeront qu'il faut vous tuer. Pires encore que les Khmers : les Chinois. Racistes au dernier degré, ils nous insultent, nous traitent de moricauds, de porte-malheur. Ils se conduisent de façon infecte. J'ignore comment sont les Chinois en Chine, mais au Cambodge ils sont comme ça.

Une fois, le « grand-père » m'a emmenée dans un village de la province de Prey Veng, où il avait des relations. Il m'a laissée là quelque temps. Les paysans khmers m'ont accueillie avec une immense gentillesse. Nous avions tous la même couleur de peau, il n'y avait pas de racisme. Ils m'ont très bien traitée, sans exception, ce qui faisait un contraste saisissant avec ma vie à Thloc Chhroy.

3. Union forcée

Quand j'ai eu quatorze ou quinze ans, le « grand-père » m'a expliqué qu'il m'avait trouvé un mari. Ce ne serait pas un grand mariage, juste une petite cérémonie discrète. L'époux, Than, était un jeune militaire, de douze ans mon aîné, à qui il devait de l'argent. Je n'avais qu'à faire mon baluchon et le suivre.

On se dira : Pourquoi devais-je obéir à ce vieil homme qui n'était même pas mon grand-père ? C'est ainsi dans la société cambodgienne : cet homme m'avait recueillie, nourrie, traitée comme une jeune parente pauvre, je lui devais respect, gratitude et oubli des mauvais traitements qu'il m'avait infligés, qui sont si répandus dans les familles cambodgiennes qu'on les considère comme normaux. Je n'avais aucun droit de m'insurger contre ses décisions. Surtout si l'on est une femme, on est tenue d'obéir, et si l'on n'obéit pas, on sera punie, voire, pourquoi pas ? battue à mort. La liberté n'existe pas, encore moins la liberté individuelle.

Sous le régime qui a succédé à Pol Pot, et qui, en théorie du moins, était communiste, on encourageait le travail coopératif dans les champs et l'organisation de « groupes de solidarité » (*samakki*). En réalité, sous ce vernis fragile, la société cambodgienne traditionnelle se reconstituait, et on assistait au retour aux mœurs ancestrales remontant à la royauté. Les aînés commandaient aux cadets et personne n'aurait songé à s'opposer aux décisions prises ainsi. Une femme, quand elle s'adresse à son mari, l'appelle « frère aîné » et lui « petite sœur ». La relation de subordination est toujours présente. Quand deux Cambodgiens se rencontrent, ils cherchent d'abord à jauger leur rang social respectif ; celui qui se ressent comme inférieur manifeste aussitôt la déférence qu'il doit à son « aîné », quel que soit leur âge véritable. Aussi, moi, gamine d'une quinzaine d'années, je n'avais pas un mot à dire au « grand-père » qui décidait de mon sort. Cela m'obligeait à abandonner l'école, à quitter la famille de Père et de mes frères et sœurs adoptifs. C'était déchirant, mais comment m'y opposer ? Le « grand-père » m'avait nourrie. En témoignage de ma reconnaissance éternelle, je devais tout accepter ; je devais lui consacrer ma vie parce que la femme doit toujours se sacrifier. Je n'y voyais qu'un avantage : partir de la maison du « grand-père » et être délivrée du servage qu'il m'imposait. Il n'y avait qu'à accepter, à avancer. Nous partîmes assez loin vers l'est, à Chup, au cœur des plantations d'hévéas. Ce devait être en 1985.

Les grandes plantations d'arbres à caoutchouc sont un héritage colonial. Au sortir de la guerre et de la période de Pol Pot, en dépit des destructions d'arbres et d'usines, le latex restait la principale ressource du régime mis en place à la suite de l'invasion vietnamienne de 1979. En échange du latex qu'ils achetaient, les Soviétiques fournissaient des vivres, des voitures, des machines et des armes. Les Khmers rouges n'étaient pas loin et cherchaient à contrôler les zones plantées d'hévéas. L'endroit regorgeait donc de militaires et nombre d'incidents s'y produisaient.

Ce que je regrettais le plus, c'était l'école. J'avais pu emporter avec moi quelques livres de classe. De temps en temps, on trouvait un bout de journal. Je lisais et relisais ce qui me tombait sous la main, mais c'était bien peu.

Mon « mari » était brutal et jaloux. Dès le début, il s'est mis en rage quand il a découvert que je n'étais plus vierge. Il buvait, me frappait et me violait. Assez rapidement, j'ai trouvé un emploi à l'hôpital de la région, d'abord comme aide-soignante puis, assez vite, comme « infirmière ». J'étais la seule femme de l'hôpital à savoir lire et écrire. Personne n'avait reçu une véritable formation médicale et il fallait improviser. De temps en temps, des médecins soviétiques ou vietnamiens passaient et nous enseignaient quelques rudiments, mais nous ne comprenions pas toujours leurs propos. Et puis, on manquait cruellement de médicaments, en dépit d'arrivages occasionnels. Pour toutes les maladies avec fièvre, on prescrivait de l'aspirine. À ceux qui avaient la diarrhée, on administrait du métronidazole. À ceux qui étaient faibles, on donnait des vitamines. C'étaient les Russes qui nous envoyaient les médicaments et qui nous expliquaient comment les utiliser.

A part la malaria, le principal problème était celui causé par les mines. Tout le monde, à l'époque, posait des mines ; les gouvernementaux pour stopper les Khmers rouges, et les Khmers rouges pour empêcher les gouvernementaux de circuler. Nous recevions des soldats ou des travailleurs dont les pieds ou les jambes étaient plus ou moins arrachés. La seule solution était l'amputation, à vif, sans anesthésie – faute de produits anesthésiques. Et les médecins n'étaient là que de temps à autre. Alors, c'étaient nous, les « infirmières », qui devions opérer. Il fallait le faire sur-le-champ pour éviter la gangrène. Nous avions vu faire les médecins, nous procédions comme eux, déboîtant les articulations, coupant les tendons, recousant (je sais très bien coudre), avant de passer au suivant. Au début, j'avais peur, ensuite, j'ai pris le coup de main, je faisais ça très bien.

Et les accouchements ! J'en ai réalisé des centaines ! Malgré tous nos efforts, faute d'asepsie, il y avait beaucoup de décès. Comme il n'y avait pas de savon, on lavait les nouveau-nés avec de la lessive. La première fois que j'ai accouché une femme, avec l'aide de mon amie d'alors – nous avions quinze ans –, j'ai dû mettre la main, pour évaluer la dilatation du vagin. L'enfant est sorti à ce moment-là, sa tête était toute molle. Je ne m'y attendais pas, j'ai hurlé. Puis il a fallu s'occuper du reste, couper le cordon avec des ciseaux à couture, le laver... Je me souviens aussi de la naissance de jumeaux, que nous n'arrivions pas à sortir. Nous ignorions comment faire une césarienne. Au bout d'un certain temps, la mère est morte. J'étais tellement épuisée que je me suis endormie sur place, à côté de son cadavre. J'ai côtoyé tellement de morts qu'ils ont cessé de m'effrayer. Évidemment, des années plus tard, avec le recul, on se rend compte que ce qu'on a fait aux femmes, à cette époque, était terrible. Mais nous étions dans la pénurie, l'ignorance, l'urgence élémentaire... C'est la situation qui était terrible !

Quand les jeunes accouchées gardaient du sang à l'intérieur, elles tombaient malades et développaient une forte fièvre. En Occident, vous appelez ça la fièvre puerpérale mais, pour nous, cela signifie qu'un mort a profité de l'accouchement pour pénétrer dans leur corps et y faire la sarabande. Beaucoup de jeunes mères en mouraient. Celles qui survivaient à l'accouchement rentraient chez elles, où la coutume voulait qu'elles boivent un verre d'urine de garçon ! On faisait un feu de braises sous leur lit. Elles devaient manger beaucoup de poivre, pour reprendre des forces, pour blanchir leur peau, pour... tout ! On faisait caraméliser du porc et on le poivrait abondamment. À cela s'ajoutaient quelques verres d'alcool. On appliquait les recettes traditionnelles, mais il n'y avait même pas de *kru* – de vrai pratiquant de cette médecine – et on se contentait de procéder comme on croyait qu'il fallait faire ! On écoutait surtout les vieilles femmes. Nous avons commis beaucoup d'erreurs. Le souvenir de tout cela me terrifiait quand j'attendais mon premier enfant.

On travaillait beaucoup, et je me donnais à ce travail de toutes mes forces. Le problème, c'étaient les médecins. Certains violaient systématiquement les filles du service. Il n'y avait pas moyen de leur résister parce qu'ils avaient le pouvoir de nous chasser. Or ce boulot nous permettait de toucher un salaire de fonctionnaire : soit treize kilos de céréales par mois – juste de quoi survivre pour un couple sans enfants – car on ne distribuait pas d'argent alors. À cela s'ajoutait un peu de viande de temps en temps.

Moi aussi, j'y suis passée. Le médecin chef est venu un soir où j'étais seule pour la garde de nuit. Il avait déjà essayé plusieurs fois de coucher avec moi ; là, il m'a forcée. Un autre médecin que j'aimais bien, avec qui je m'entendais bien, en a profité également. Le choix était simple : ou se laisser faire ou être jetée à la porte et se retrouver sans rien à manger.

Mon mari connaissait la situation, ce qui le rendait fou de jalousie. Il piquait des crises. Lorsqu'il était furieux, il sortait son pistolet et tirait, tout près de moi, au-dessus de ma tête ou à mes pieds. Il me terrorisait. Pourtant, au fur et à mesure que je grandissais, l'effet sur moi de ses gestes déments s'est vite émoussé. Aussi, quand un militaire qui venait d'arriver avec le pied arraché m'a mis son pistolet sur la tempe pendant que j'essayais de nettoyer sa plaie souillée de terre en me disant : « Si tu me fais mal, je te tue », j'étais habituée, je n'avais plus peur. J'ai fait ce que j'avais à faire sans me soucier de lui. Et il est resté tranquille.

Mon mari était de plus en plus souvent requis pour partir en opérations du côté des frontières. Cinq ou six mois ont passé ainsi. Un jour, il est allé voir le « grand-père » afin de se plaindre de moi, et celui-ci est venu pour me battre. Il m'a reproché de ne pas prendre soin de mon mari, de ne pas bien cuisiner. Mais comment l'aurais-je pu ? J'étais jeune, personne ne m'avait rien appris. Et puis, je ne pouvais pas cuisiner, on n'avait pas ce qu'il fallait pour cela.

Mon mari s'est mis à répandre le bruit que j'étais une putain. Les gens ont commencé à m'insulter. Le « grand-père » est venu me torturer pour que j'avoue dans quelles circonstances j'avais perdu ma virginité. J'ignorais même ce que signifiaient les mots « virginité » et « viol », qu'il m'assenait comme une faute que j'aurais commise sciemment. Mais je savais qu'il fallait me taire. Le vieux a même fait bouillir de l'eau pour me plonger la main dedans. Je n'ai pas desserré les dents. Je n'ai pas pleuré.

J'avais une amie nommée Pheuv. Elle était grosse et plaisait bien aux hommes. Elle est morte, maintenant, dans un accident de voiture. Elle me racontait l'enfer qu'elle vivait avec ce médecin qui la traitait comme un jouet, la violait quand il en avait envie, la battait pour un oui ou pour un non. J'ai pensé que je n'étais pas la seule à vivre ce cauchemar, que c'était le sort normal de toutes les femmes. Nombre de filles qui travaillaient à l'hôpital étaient orphelines et, personne n'étant là pour les protéger, elles se faisaient violer par les médecins, ou par le chef de salle. Ceux-ci nous traitaient comme si nous étions des esclaves. Il n'y avait rien d'autre à faire qu'à subir. Une fois, j'ai tenté de me suicider. J'ai avalé des somnifères Yazipam, dont deux gouttes suffisent pour faire dormir. Moi, j'ai bu toute la bouteille. Le lendemain matin, je n'étais pas morte mais j'étais sous perfusion. Le chef de salle m'a traitée de tous les noms.

C'est alors que mon mari, Than, est parti pour la guerre, à la frontière, loin de Chup. Il n'est jamais revenu du front. Les morts étaient nombreux, en ce temps-là, surtout à cause des mines et du paludisme.

Than avait un bon copain qui travaillait au camp militaire et qui était amoureux de moi. Cet homme s'occupait de moi et, quand le « grand-père » a débarqué une fois encore pour me réclamer de l'argent, il lui a tapé dessus. Le vieux a fait demi-tour. La fois suivante, profitant de son absence, le « grand-père » m'a demandé de venir à Phnom Penh chez une cousine à lui, Tante Nop. J'étais toujours dans un état de soumission absolue. Je l'ai suivi parce que je croyais que je n'avais pas le choix. Là, il m'a vendue à un bordel. La cousine, qui avait conclu le marché, prétendait que le coupable était le « grand-père », qui, de son côté, accusait le copain de mon mari. Moi, j'étais sûre que le vieillard était responsable, ça lui ressemblait trop. J'ai bien vu Tante Nop lui donner de l'argent. Pourquoi ai-je respecté sa parole ? Pourquoi ai-je été aussi passive devant cet homme, tout en ayant parfois la froide envie de le tuer ? La seule réponse que je voie est que j'ai été élevée comme une esclave, une esclave domestique, il faut le préciser. Les filles comme moi étaient ballottées au gré des péripéties de la vie de ceux qui les « possédaient », les avaient nourries un certain temps, acquérant ainsi le statut de « maître » pouvant disposer d'elles comme bon leur semblait. Cette culture est toujours prévalente au Cambodge, et pourtant les étrangers ne la soupçonnent généralement pas. C'est pourquoi ils ne la critiquent pas.

Le « grand-père » est mort en 1988. C'était un vieux salaud. J'ai fini par comprendre qu'il m'avait vendue quand j'avais douze ans au commerçant chinois pour se libérer d'une dette contractée envers lui. Il m'a toujours considérée comme une chose qui devait lui rapporter de l'argent, d'une façon ou d'une autre. Je n'ai jamais eu le courage de l'empoisonner, de le tuer ou de le faire tuer, mais j'avoue que j'y ai souvent songé. J'ai même pensé à recruter un des tueurs de la mafia locale. Il paraît qu'il est mort dans un accident, sur la route allant de Kompong Cham à Chup. Certains, au village, ont prétendu que je l'avais assassiné, mais au moment de sa mort, j'étais à mille lieues de penser à lui. On me dit qu'il faut laisser faire la justice, que vouloir se faire justice est un comportement de barbare. Je suis d'accord sur le principe. Cependant, dans la réalité, ici, dans ce pays, il n'y a pas de justice. Alors, qui est le barbare ? Est-ce que l'irréparable dommage qui nous est causé, à moi et à mes semblables, n'appelle pas vengeance, puisqu'il n'existe aucun autre moyen d'obtenir réparation ?

4. L'enfer

Quand je me suis rendu compte que j'avais été vendue au bordel à Phnom Penh, je me suis révoltée. Le maquereau, qui régnait avec sa femme et sa famille sur les quelques chambres composant cet établissement situé dans un immeuble du centre-ville, m'a, en quelque sorte, prise en main. Il m'a sauvagement battue, violée et enfermée dans une chambre :

– Soit tu acceptes les clients, soit je te cogne et je te viole tous les jours. On verra bien combien de temps tu continueras à dire non.

Au bout d'un certain temps, j'ai cessé de dire non. Il fallait accepter cinq à six clients par jour. Parfois, il fallait passer la nuit avec un seul type, qui ne cessait de faire des allées et venues. Ces hommes-là étaient surtout des militaires ou des policiers. Ils étaient sales, ne se douchaient pas. Dans mes souvenirs, le plus répugnant, c'était leur saleté. Après ça, il est difficile d'éprouver des sentiments.

Je voulais m'en sortir. Je suis tombée sur un homme qui semblait s'intéresser à moi. Il est venu me voir plusieurs fois. Nous sommes presque devenus copains.

Il me donnait un peu d'or – la monnaie de l'époque. (Il n'existait que des petites coupures pour la monnaie réintroduite après les Khmers rouges, le riel.) Il m'a assuré qu'il m'aimait, qu'il voulait vivre avec moi, m'épouser... Un jour, il m'a fixé un rendez-vous. J'en ai parlé à une amie. Elle m'a fait remarquer que j'étais encore jeune – j'avais dix-sept ans – que si je restais, je deviendrais comme les autres filles, prématurément vieillie, avec toutes sortes de maladies, et m'a conseillé de sauter sur l'occasion. L'homme avait averti la mère maquerelle qu'il m'emmenait. Elle n'y croyait pas vraiment, mais elle redoutait que je m'en aille et m'avait menacée de me battre à mort si je m'enfuyais. Finalement, je me suis échappée avec lui et, le lendemain matin, il m'a emmenée à la gare routière. Il voulait se rendre à Poipet, sur la frontière thaïlandaise, un lieu idéal pour tous les trafics. Il m'a ordonné de monter dans un camion en partance pour Battambang et m'a promis de me rejoindre là-bas. Il y avait une autre fille avec moi. À l'arrivée à Battambang, le soir, le chauffeur nous a dit :

– Venez, on va dormir à la pagode.

La nuit, nous nous sommes fait violer par les types du camion.

– Mais je croyais qu'on était copains ! ai-je objecté au chauffeur.

– Non, tu es vendue.

Mon client m'avait vendue au routier. J'en étais malade. L'odeur du sperme, tout me révulsait. J'ai vomi tout ce que j'ai pu. Le lendemain matin, le chauffeur m'a emmenée. Une fois à Svay Sisophon, je me suis sauvée. Je me souvenais que la femme de Père y avait une partie de sa famille d'origine chinoise. Je me suis renseignée à droite, à gauche, et j'ai fini par dénicher un cousin de ma mère adoptive. Lui et sa famille m'ont recueillie. Je gardais les enfants. Je me suis mise à faire la cuisine et la lessive pour eux. La femme du cousin vendait de l'or au marché. Au bout d'une semaine, en l'absence de son épouse, le mari m'a menacée de m'asperger de vitriol, un produit dont il se servait pour le travail de l'or, si je lui résistais, et il m'a violée. Il a menacé de me tuer si je révélais à sa femme ce qui s'était passé. J'ai pensé que c'était partout pareil, que les hommes étaient tous semblables, tous également mauvais. Je voulais le dire à sa femme mais elle avait l'air tellement méchante que j'avais peur d'elle aussi. Dès qu'elle avait le dos tourné ou qu'elle dormait, il rappliquait et me violait. Je l'ai supplié de me laisser partir. Il s'est finalement laissé fléchir et m'a donné un peu d'argent et un collier en or, pour que j'aie de quoi m'en sortir. Contente comme tout, je suis partie. Arrivée à Battambang, sur le chemin du retour à Phnom Penh, j'ai vu sa femme débouler en trombe. Elle m'a tiré les cheveux, accusée d'avoir volé le collier, et je me suis retrouvée au poste de police. Son mari, qui la craignait, a confirmé.

J'ai atterri en prison. Personne ne voulait m'écouter. Il y avait là trois ou quatre policiers qui me harcelaient de questions :

– Pourquoi as-tu volé ce collier ?

– Mais je ne l'ai pas volé.

– C'est toi qui l'as, donc tu l'as volé.

– Il me l'a donné.

– C'est pas vrai.

Ils m'ont battue et violée à tour de rôle pendant toute la nuit. Moi, je fermais les yeux. Je disais « Fais-le », je ne disais pas non, je ne disais pas oui. Si je me débattais, ils cognaient encore plus durement, comme s'ils n'attendaient que ça. J'avais le sentiment que mon corps ne m'appartenait plus, qu'il m'était devenu étranger, que j'étais morte depuis que le Chinois m'avait violée, qu'il n'y avait rien d'autre à faire qu'attendre qu'ils en aient fini.

Le lendemain matin, ils m'ont relâchée. Je suis partie, sans argent ni collier, sans rien.

J'ai convaincu un chauffeur de taxi collectif de me prendre. Arrivée à Phnom Penh, la maquerelle était là, qui m'attendait.

J'ai pensé alors que rien ne pouvait s'arranger, que je portais le malheur avec moi, que ma vie était sous la coupe du diable. Pourquoi ces choses-là n'arrivaient-elles pas aux autres mais seulement à moi ? Ou peut-être que pour les autres c'était pareil ?

Son mari, qui était invalide de guerre, m'a battue avec sa canne durant des heures. Il m'a attachée sur un lit, nue. Tous ceux qui passaient pouvaient se rincer l'œil. Pour moi qui suis pudique, c'était la torture la plus insupportable. Le soir, son frère et tous leurs copains me violaient à tour de rôle, pendant que j'étais toujours ligotée. Cela a duré une semaine. J'étais malade, secouée de frissons de fièvre.

Alors j'ai promis à la mère maquerelle :

– J'ai essayé de m'enfuir, mais ça ne sert à rien. Je

vais travailler sans faire d'histoires. Je renonce à m'enfuir, je ferai tout ce que tu voudras.

J'avais capitulé, vraiment.

Elle a compris, elle s'est mise à me faire confiance. Elle m'a laissée libre d'aller chercher des clients dans les boîtes de nuit. Elle ne me battait plus. Les filles qui me voyaient sortir me demandaient : « Pourquoi es-tu revenue ? » J'étais très abattue par ces coups du sort.

Je me résignais pour moi, mais il y avait des nouvelles venues, des fillettes de treize, quatorze ans. L'une, surtout, une jeunette avec qui j'ai discuté. Les « anciennes » et moi, nous nous sommes dit qu'il fallait faire quelque chose pour aider cette petite à sortir de ce cercle maléfique. La maquerelle, qui se fiait à nous, nous avait demandé de la surveiller et nous avait donné les clés. On a laissé filer la gamine. Ensuite, nous avons été battues avec le rotin. La fille avait été achetée deux *chi* d'or, ce qui équivalait à l'époque à quatre-vingts dollars. La maquerelle nous a fait valoir qu'elle perdait de l'argent à cause de nous et qu'il fallait la rembourser. Et comme j'étais la plus jeune du lot, c'était sur moi que retombait l'essentiel de la dette. Il fallait que je rapporte davantage. Je me suis tournée vers les clients étrangers, qui payaient bien. Je me suis aperçue aussi qu'ils étaient plus gentils, plus généreux, moins brutaux. Peut-être même que j'étais jolie à leurs yeux. La couleur de ma peau leur plaisait. J'ai gagné ainsi beaucoup d'argent, et la mère maquerelle se montrait satisfaite.

Je n'avais plus de problèmes avec elle mais il arrivait continuellement de nouvelles filles, qui étaient battues jusqu'à ce qu'elles se soumettent. Je restais libre à la condition de rapporter assez d'argent à la maquerelle. Celle-ci a laissé partir une de mes amies, qu'elle trouvait trop vieille, puis elle m'a proposé : « Maly, si tu veux partir, tu peux. » Mais je suis restée. C'était devenu un mode de vie, un travail, je ne savais rien faire d'autre. Je ne savais pas où aller.

Alors j'ai rencontré Daniel, un Européen. Il me payait généreusement – ce dont la mère maquerelle profitait largement – et, assez vite, il m'a suggéré d'arrêter d'aller draguer dans les boîtes de nuit pour rester auprès de lui et devenir sa petite amie. Daniel a insisté pour que j'aille à l'école ; il a payé les frais de scolarité et je suis retournée étudier dans la journée, mais c'était difficile pour moi : j'avais quitté l'école trois ans auparavant pour me marier et partir vivre au milieu des plantations d'hévéas. Daniel m'a proposé alors de me trouver du travail. Il m'a présenté à quelques expatriés chez lesquels je pouvais aller travailler, faire des ménages. Pourtant, je gardais, gravée à l'esprit, la croyance que tous les gens sont pareils, qu'on ne peut se fier à personne. J'entretenais avec Daniel une sorte de jeu. Je faisais semblant de lui faire confiance mais je ne croyais pas en lui. Je prenais son argent, puis, le soir, j'allais avec d'autres hommes. Pour être libre. Pour gagner ma vie. Pour en faire bénéficier la maquerelle. Elle me laissait sortir, aller partout où je voulais. Comme nous ne parlions pas la même langue, Daniel et moi, je n'ai jamais réussi à lui expliquer tout ça.

Je ne connaissais rien au monde moderne d'alors. La première nuit chez Daniel, il m'a montré la salle de bains et m'a dit que je pouvais prendre une douche. Chez nous, Cambodgiens, on dispose d'un bassin ou d'une jarre remplis d'eau dans lesquels on puise avec un récipient avec lequel on s'arrose. Là, c'était différent, pas d'eau, pas de récipient. Je ne comprenais pas comment les Blancs pouvaient se laver. J'ai tourné un robinet et l'eau m'est tombée dessus. J'ai eu peur, croyant que c'était un fantôme, et je suis sortie en courant. Il a fallu que Daniel m'explique le fonctionnement de l'eau courante, du tuyau et de la pomme de douche. Un autre monde ! J'avais peur que l'eau inonde tout et qu'elle me noie. Malgré ma frayeur, j'ai essayé de prendre une douche, bien serrée dans une serviette, en laissant la porte ouverte pour pouvoir fuir si le fantôme resurgissait.

Une autre fois, Daniel m'a invitée à dîner au restaurant de l'Hôtel Blanc, un endroit chic de cette période, juste avant que le pays ne s'ouvre à l'Occident. C'était la première fois qu'on m'emmenait dîner quelque part. Je me réjouissais à l'idée de faire un bon repas parce que la cuisine de la maison de passe était de mauvaise qualité, chiche et monotone. Je rêvais de manger du poulet rôti. J'avais mis une belle robe rose, qui ne plaisait manifestement guère à mon cavalier. J'ai commandé directement un demi-poulet rôti accompagné de riz. Le seul problème, c'est que je ne savais pas me servir d'un couteau et d'une fourchette. Nous, Cambodgiens, nous servons de nos doigts ou d'une cuillère. Si je mangeais à la cambodgienne, on allait me prendre pour une sauvage. Alors j'ai bravement empoigné mes instruments, mais à chaque tentative de découpage, le poulet partait d'un bord de l'assiette à l'autre. Plus je m'acharnais, plus il se dérobait. En attendant de pouvoir le capturer, j'ai avalé mon riz. Je ne pouvais pas demander de l'aide à Daniel, car nous ne pouvions guère communiquer, et il ne se rendait compte de rien, semblait-il. Ma frustration augmentait de minute en minute. Daniel m'a fait signe : « Tu ne manges pas ton poulet ? » J'ai hoché la tête négativement. Le temps passait et finalement le maître d'hôtel a desservi, sans un mot, ce plat qui me faisait littéralement baver d'envie. Toute la nuit, j'ai rêvé de mon pauvre poulet que je n'avais pas réussi à manger...

Lorsque j'étais avec Daniel, que je couchais avec lui, je pleurais. De toute façon, je pleurais avec tous les clients. Dans mon for intérieur, je leur disais : « Est-ce que vous n'avez pas de cœur ? Est-ce que vous ne sentez pas ce qui se passe ? Vous êtes humain ou pas ? Pourquoi faites-vous ça ? Vous avez votre femme à la maison. Pourquoi venez-vous voir des prostituées ? » J'avais envie de leur poser toutes sortes de questions mais j'étais seule pour les ressasser. C'est si terrible de me rappeler tous ces épisodes, ces tortures à jamais imprimées dans la mémoire. Chaque fois que j'en parle, j'ai la chair de poule, je me mets à transpirer à grosses gouttes.

Et mes cauchemars ! Toutes les nuits, encore maintenant, je rêve de serpents. On nous attachait et on nous mettait des serpents sur le corps, dans le dos. Nous étions jeunes, nous n'y connaissions rien, nous ignorions s'ils étaient venimeux ou pas, mais à nos yeux tous les reptiles étaient dangereux. Ils nous paniquaient. Nous redoutions qu'ils s'introduisent en nous par les orifices ! Pourtant, dans mon enfance, j'aimais beaucoup les petits animaux, les insectes. Je les attrapais, je jouais avec, y compris les tarentules, sans aucune frayeur. C'est plus tard que j'ai commencé à avoir peur, quand on a utilisé pour nous terroriser des scolopendres, des mille-pattes énormes. Ainsi, j'ai eu une fois une altercation avec la sœur de la mère maquerelle qui me donnait des ordres bien qu'elle soit plus jeune que moi. J'ai fini par la gifler. La nuit, vers 2 heures du matin, les derniers clients partis, nous sommes allées dormir, mon amie Mom et moi. Dans l'obscurité, j'ai senti quelque chose glisser sur moi. C'étaient plusieurs petits serpents. J'ai hurlé comme une folle. C'était le prix à payer pour la gifle. Une autre fois, elle a mis un scorpion dans la poche de mon pantalon.

Un jour, mon père adoptif est arrivé tout droit de Kompong Cham en compagnie de mon frère. Je ne les avais pas vus depuis des années. J'ai pleuré, ils ont pleuré. Mon père m'a suppliée :

– Rentre avec nous. C'est nous, ta famille. On a besoin de toi. Reviens.

Je versais toutes les larmes de mon corps.

– C'est trop tard, ai-je répondu. J'ai été avec des milliers d'hommes. Je suis finie. Finie.

– Nous sommes tombés dans une grande pauvreté. Il a fallu vendre tous les poulets. On t'a cherchée partout.

Il avait appris de manière certaine que j'étais sa nièce, la fille de son frère. Auparavant, il n'avait fait que s'en douter.

Alors, il m'a emmenée de force dans son village. Mais j'en suis repartie le lendemain matin. Au village, les gens savent que tu as été prostituée, et ils te rendent la vie impossible. Je suis retournée avec Daniel. Je suis allée à l'école – c'est pourquoi aujourd'hui je sais lire et écrire. J'ai cessé de travailler. Daniel m'a proposé d'habiter chez lui, j'ai refusé. Il m'a demandé de l'épouser, j'ai dit non. Je voyais bien qu'il était riche, plein d'assurance. Mais il ne m'avait jamais demandé d'où je venais, qui j'étais, pourquoi j'en étais arrivée à mener cette vie. Il ne mangeait jamais le riz, alors qu'il vivait au Cambodge depuis longtemps. Aussi, quand il m'a proposé de l'accompagner en Suisse, j'ai préféré le laisser partir seul. Je ne parlais pas sa langue. Je n'avais qu'une certitude, c'est que je devais rester dans les bordels pour protéger les filles plus jeunes et les aider à s'évader. J'avais des amies, comme Mom, qui avaient été vendues et amenées au bordel par leur propre mère.

A quelque temps de là, je suis tombée sur un autre homme sympathique. Il était « motodub », c'est-à-dire moto-taxi. Beaucoup de gens font ce métier, même ceux qui ont déjà un emploi, ne serait-ce que quelques heures par jour pour compléter leurs revenus. Lui était gentil, persuasif. Il ne me battait pas. Il m'a proposé d'habiter avec lui. Je me suis laissé convaincre. On a loué une maison. Il m'a demandé d'arrêter de travailler et s'est mis à faire le commerce du bois – oui, comme le « grand-père » –, entre Phnom Penh et Mondolkiri, ma province natale. Il m'a nourrie deux mois, avec beaucoup de gentillesse. J'ai commencé à me dire que, peut-être, c'était quelqu'un de bien, qu'après tout ça existait sans doute.

Et puis, un jour, sa femme a débarqué. Je ne savais pas qu'il était marié. Elle est arrivée comme une furie et s'est jetée sur moi pour me frapper ; j'ai eu une peur terrible. Il est quand même resté avec moi, mais assez vite, il s'est retrouvé sans argent et m'a demandé de retourner, le soir, dans les boîtes de nuit. Quand j'allais avec un client, il m'attendait sur la moto. Dans mon esprit, ce genre de situation devait rendre jaloux un mari. Lui ne l'était pas. Il rétorquait : « Que veux-tu ? Il faut bien manger. » Peu à peu, il a cessé de chercher du travail. On s'est installés avec un couple qui vivait comme nous. Ces messieurs dormaient toute la journée, et nous, les femmes, on se maquillait chaque soir pour aller gagner l'argent du ménage et payer son dû à la mère maquerelle, qu'il ne fallait pas oublier. Et cela, en croyant toujours qu'ils allaient chercher un emploi, qu'on s'en sortirait, ensemble, pour fonder une famille, mener une vie normale, quoi.

Comme à chaque fois que j'ai cherché à m'extraire de cet enfer, la déception a été terrible, vraiment terrible. C'est pour cela que je ne peux avoir confiance en personne.

J'ai fini par le quitter. Je me suis dit que ce type ne valait rien, que c'était une pauvre loque. Je suis retournée voir Lolo, un copain de Daniel, suisse également – Lolo est un de ceux qui m'ont le plus aidée – et il a payé mes frais de scolarité. J'avais, fortement chevillée au corps, l'envie de me sauver de là, combinée à celle d'aider les autres à s'en sortir aussi. Je me sentais liée aux autres filles, victimes comme moi. Je ne sais pas pourquoi cette conviction est aussi fortement enracinée en moi. En fait, cela remontait au jour où une de mes amies s'était fait tuer devant moi.

Alors, j'ai fait un rêve fou : avoir un mari riche, puissant, qui ait du pouvoir, de l'argent et des armes. Je voulais anéantir ceux qui profitaient de tout ce trafic. Oui, je voulais avoir une arme pour aller tuer le policier qui avait assassiné mon amie, je l'ai dit à toutes les filles, à l'époque. C'était mon idée fixe, mon rêve : tuer tous les flics et tous les militaires qui battaient les femmes. (Nous étions encore sous un régime communiste : les filles qui se faisaient arrêter par la police étaient envoyées dans des camps dits de rééducation. Là, on leur rasait la tête, on les habillait d'un vague uniforme bleu et on les mettait aux travaux forcés. Ceux qui dirigeaient ces endroits étaient de dangereux sadiques qui profitaient de la situation.) J'aurais tant voulu retourner à Svay Sisophon pour me venger de celui qui m'avait trahie, mais je n'ai jamais eu le courage de le faire. Je ne sais si je le regrette. J'ai pensé par la suite que ça ne servait à rien. Si je ne le tuais pas moi-même, d'autres le feraient parce qu'il le méritait.

Aujourd'hui, évidemment, j'ai changé d'idée. J'ai compris qu'il faut faire appel à la loi, laisser opérer la justice. Tout en sachant qu'ici la corruption domine tout.

Dans ce pays, on est toujours tenté de se faire justice soi-même, précisément parce qu'on ne peut pas vraiment compter sur les pouvoirs publics. Dès que j'ai eu un peu d'argent, j'ai acheté une arme, un pistolet AK 54. Ne vous en étonnez pas. Au Cambodge, beaucoup de gens sont armés, et ne sortent de chez eux qu'avec une arme sur eux ou dans la voiture. D'ailleurs, il y a longtemps, j'ai tiré sur un homme qui m'avait violée. Il n'en est pas mort, mais il est resté à moitié paralysé. Je ne voulais pas le tuer, juste lui faire du mal, comme lui m'avait fait du mal. Celui-là, au moins, a payé.

Telle était pour moi, alors, la justice réelle et effective, celle du pays où nous vivons. Tout le monde pense ainsi, au Cambodge. Qui aurait l'idée saugrenue d'aller confier sa vie ou ses intérêts à un juge, sachant que ce dernier se prononcera en fonction de l'argent que lui donneront les parties ? Pourtant, c'est ce que nous devons faire, c'est ce que la communauté internationale nous demande de faire dans la lutte contre le trafic des femmes et des enfants. Cette requête est juste, et nous la respectons. Mais il faut comprendre qu'on atteint très vite les limites de la légalité, et que la réalité de notre société impose d'autres lois, non écrites.

Le pire, c'était ce que les souteneurs nous obligeaient à avaler. Parfois, c'étaient des asticots vivants, qu'ils trouvaient sur du poisson pourri. Ils nous forçaient à les ingurgiter en nous gavant à la cuillère. Les vers grouillaient dans notre gorge, dans l'estomac. C'était affreux. Je ne connais rien de pire. Ma terreur était qu'ils m'en mettent dans les oreilles et que ces sales bêtes fassent leur chemin jusqu'à mon cerveau. *Louk louk louk...* Quand j'en rêve, je vomis.

Même beaucoup plus tard, en France, alors que je vivais avec Pierre dans un studio, ou plus exactement dans le jardin devant l'immeuble, j'ai revécu ce cauchemar. Il y avait dans l'herbe plein de limaces qui évoquaient irrésistiblement pour moi ces damnés asticots. Elles me flanquaient la trouille. Pour dormir, j'étais obligée de mettre des chaussettes, d'enfiler plusieurs pantalons, des gants, un bonnet. Pierre se moquait de moi, mais c'était une peur impossible à maîtriser. Quand je vois des chenilles, aujourd'hui encore, je m'enfuis.

J'ai l'impression que les sévices infligés aux filles par tous ceux qui profitent de ce commerce ont un peu changé de nature. De mon temps, si je puis dire, on nous terrorisait avec des éléments naturels – des insectes, des serpents, des asticots, etc. utilisés de diverses manières. Ensuite, on est passé aux coups, aux brûlures de cigarette, à l'arrachage des ongles. De nos jours, c'est encore plus brutal. On évite de faire des bleus visibles. On plante des clous dans la tête. Ça peut paraître incroyable, mais nous avons des photos qui l'attestent. Les filles, enchaînées, sont battues au moyen de câbles électriques. Il en résulte pas mal de morts. À Neak Luong, nous avons trouvé des filles enchaînées à l'intérieur des canalisations d'égout. Peut-être est-ce l'influence des films chinois, que regardent avidement les proxénètes, et beaucoup d'autres hommes. Ces films sont truffés de scènes de torture montrées avec un sadisme évident. Dès lors, les petits maquereaux s'y croient : ils sont en situation de réaliser ce genre de fantasmes, et rien ne les en empêche. Ils recousent les petites filles sans anesthésie et, deux heures après, elles doivent accueillir un client.

Les Asiatiques pensent que si, pendant l'acte, la fille saigne et hurle, c'est qu'ils l'ont dépucelée. Or la croyance est très répandue en Extrême-Orient que l'on peut atteindre l'immortalité – rêve des taoïstes et magiciens de toutes sortes – ou du moins obtenir une longévité glorieuse et admirée en violant des enfants vierges. Elle est au cœur de la culture chinoise, si influente dans notre pays. Ils croient aussi que ravir une virginité va leur éclaircir la peau, les rapprocher de cette couleur de lune qui est l'idéal de toutes les sociétés asiatiques, et même les rajeunir, et leur porter chance, élément essentiel dans toutes les entreprises financières et économiques. Pour un pucelage, les clients paient de cinq cents à mille cinq cents dollars pour une semaine. Le profit est énorme. Le type qui, avant de conclure une affaire, passe quelques jours avec une vierge, ou prétendue vierge, et fait un gros profit en affaires, est prêt à recommencer la semaine suivante pour, espère-t-il, doubler ses gains.

Dans notre société, une jeune fille ayant perdu sa virginité n'a guère de chances de connaître une existence normale. Si elle s'en sort bien, elle peut avoir des petits amis de passage, mais un mari, c'est plus rare. Quant à celles qui parviennent à trouver un mari khmer, il arrive toujours un moment où ce dernier leur reprochera d'avoir été une « pute ». Alors, nombre d'entre elles se suicident. J'en ai trop vu. C'est à cause de ces préjugés qu'il est très difficile pour les filles de se sortir complètement de cette vie-là une fois qu'elles sont arrivées à échapper aux griffes des proxénètes, ce qui n'est déjà pas, en soi, une mince affaire.

J'ai connu une jeune femme qui y était parvenue. Elle vivait dans un village de la province de Takeo. Elle était enceinte. Un villageois étant tombé malade, la famille de ce dernier est allée consulter la voyante, laquelle a prétendu que c'était la présence de cette « sorcière », l'ex-prostituée, qui était responsable de la maladie. Les villageois se sont réunis, ont sorti de force la jeune femme de sa maison, l'ont traînée en place publique. Ils l'ont brûlée vive et décapitée. Les journaux ont relaté les faits. Mais personne n'a été puni, bien sûr.

Les filles ne sont jamais volontaires pour mener ce genre de vie. Surtout les plus jeunes. Elles pleurent tous les jours, de honte et de fatigue d'être forcées de faire ce à quoi les clients, tous plus déplaisants les uns que les autres, les obligent. Le client paie et donc il est roi. Il a le droit de battre la fille, si tel est son bon plaisir. Il paie pour ses copains, qui viennent à cinq ou dix, et s'amusent tous ensemble avec la malheureuse. En général, ils sont ivres morts. L'arrivée, assez récente, des films pornographiques a entraîné une recrudescence et une aggravation des séances de sadisme. Dans certains coins, par exemple dans un village près de Poipet, il s'est formé des gangs de gamins âgés de dix, douze ans, qui violent les petites filles. Pourquoi ? Ils ont vu des vidéos porno, et ils veulent faire pareil. Les mettre en prison ? Non, ce sont des enfants...

Beaucoup de filles meurent de ces mauvais traitements. On retrouve leurs corps dans une décharge ou dans les marais. Lors de l'incendie d'un bordel, on a retrouvé les cadavres carbonisés de plusieurs prostituées, qui avaient été enchaînées. On sait pertinemment à qui appartient le local, et pourtant personne n'est poursuivi. Le nombre de décès est énorme, mais cela ne cause aucun scandale, ici. C'est la loi du silence. Quant aux lois écrites, nul ne songe à les appliquer. Selon un dicton local, les enfants de pauvres ne valent rien. En revanche, s'il arrive quelque chose aux enfants riches, on envoie des tueurs pour supprimer les coupables présumés. La vie est simple, ici !

5. Pierre

J'ai vécu à peu près huit années dans cet enfer. Lorsque j'ai réussi ensuite à gagner un peu de liberté, je l'ai utilisée pour essayer de m'en sortir, mais je me demandais comment faire. Mon amie Mom sortait avec un militaire, nommé Roen. Mais il était marié et on voyait bien que leur affaire n'irait pas loin. Sortir avec un Khmer qui payait pour le logement et l'argent de poche n'était pas une solution, puisque, par définition, ce serait temporaire, il nous lâcherait à la première alerte. Alors je me suis dit qu'il y avait une seule alternative : ou je me suicidais, ou je trouvais un Blanc, un *barang*. Quand je voyais dans quel état était toute ma famille – la maison familiale, au village, commençait à tomber en ruine –, j'ai pensé qu'il fallait que je sacrifie quelque chose de ma vie.

J'avais bien rencontré Lolo, mais lui, je ne l'aimais pas, ou plutôt je l'aimais comme un frère. Il s'occupait de moi, m'envoyait à l'école et ne me demandait rien sur le plan sexuel. J'ai eu une sorte d'abcès à la main et, à l'hôpital Calmette, ils envisageaient de me couper le doigt. Lolo m'a emmenée consulter ses amis médecins qui se sont récriés et ont proposé de m'opérer sans m'amputer. Ensuite, il m'a fait rencontrer une Italienne, nommée Liana, chez laquelle je pouvais travailler pour vingt dollars par mois. À l'époque, c'était un salaire. Je commençais à sortir la tête de l'eau mais j'étais loin d'être tirée d'affaire. Je n'étais pas sûre de pouvoir rester à l'école.

Lolo organisait chez lui des fêtes où j'étais invitée. Tous ses copains tombaient amoureux de moi. Amoureux, comprenons-nous : ils voulaient du sexe et seulement du sexe. De mon point de vue, c'étaient des gens qui ne mangeaient qu'au restaurant et parlaient à peine le khmer. Ils ne m'intéressaient pas. Moi, à cette époque-là, je ne parlais pas un mot de français. Si j'avais voulu gagner beaucoup d'argent, j'aurais pu le faire, mais ce n'était plus ce que je cherchais. Le « grand-père » étant mort, j'étais libre de m'occuper de mes parents adoptifs et de ma famille. Je voulais rester au Cambodge, proche des miens, et trouver un homme qui s'intéresse vraiment à moi, un *barang* adapté au pays.

Un soir, j'ai rencontré Pierre. J'ai été avec lui. Il m'a posé mille questions, dans un khmer excellent et m'a proposé de m'aider. Pierre entrait dans la catégorie des « Blancs pauvres » (moi, j'en connaissais surtout des riches jusque-là). Il était du genre négligé, mal habillé, mais avait beaucoup de caractère. Il m'intéressait vivement. Le lendemain, il m'a proposé de me prêter cent dollars pour démarrer un business. J'ai pensé que cent dollars, c'était une misère. Je connaissais plein de gens qui auraient pu me donner davantage. Mais j'ai pensé aussi qu'avec les autres ç'aurait été retomber dans une affaire de sexe. Et puis, quand on est la femme d'un Blanc, on reste à la maison à attendre son mari jusqu'au soir. Moi, ce que je voulais, c'était apprendre, bouger, entreprendre. Je n'étais pas faite pour rester cloîtrée à la maison. J'avais déjà l'idée de gérer une grande maison où l'on pourrait accueillir des femmes et des enfants issus des bordels. Déjà, je me rendais dans ces bordels et j'essayais d'en faire sortir les plus jeunes en achetant leur liberté.

Avec les cent dollars de Pierre, je me suis procuré des cahiers, des crayons, et je suis retournée dans mon village pour les offrir à mes parents, afin que ça leur serve de fonds de commerce, de capital de départ pour avoir quelques revenus. J'avais donné mon adresse à Pierre. Je voulais savoir s'il s'intéressait suffisamment à moi pour me rendre visite là-bas. J'ai passé trois jours à Kompong Cham et, à peine rentrée, j'ai reçu la visite du gardien de Pierre, qui voulait que j'aille le voir. J'ai appris par la suite que Pierre était tombé fou amoureux et qu'il avait assuré à un de ses amis : « Celle-là, je vais l'épouser. » Il était plein d'espoir, mais ce n'était pas mon cas.

Il faut dire que la perspective de passer une nuit avec un Blanc est plutôt effrayante pour les femmes asiatiques. Chez nous, on prétend que les Blancs ne font pas l'amour comme les autres hommes. On a peur qu'ils se fâchent, qu'ils nous violent, comme les Khmers. Ils ont, dit-on, un sexe plus gros que celui des Asiatiques.

Pourtant, j'ai surmonté cette appréhension et je suis allée trouver Pierre. Nous avons beaucoup parlé. Il m'a proposé de vivre avec lui. Lolo, que j'ai interrogé, m'a expliqué : « Oui, c'est un Blanc qui vit à la cambodgienne. Il ne possède rien, c'est une grande gueule... Personne ne l'aime. » Un portrait pas vraiment engageant. J'écoutais Lolo, qui m'aimait beaucoup mais qui ne m'avait jamais touchée.

Finalement, je suis allée m'installer chez Pierre. Il était en train de se séparer de sa petite amie, une Française.

Et puis, à la fin 1991, son contrat de travail est venu à expiration. Pierre est parti quelques jours au Vietnam avec son ancienne amie. Je n'en ai ressenti aucune jalousie puisque je n'étais pas amoureuse. Dès qu'il a eu le dos tourné, ses copains, ses voisins sont venus me trouver : « T'es noire... T'es qu'une pute... Va-t'en... » Les hommes étaient jaloux. Les femmes aussi, qui auraient voulu un mari blanc pour pouvoir partir à l'étranger, où régnait une abondance que nous pouvions à peine soupçonner. Moi-même, je songeais à fuir dans un pays où ma famille et moi pourrions vivre en sécurité. C'était ce que j'attendais des Blancs : qu'ils nous aident, non pour moi – ma vie était finie depuis le jour où j'avais voulu me suicider –, mais pour les filles qui partageaient mon sort. Quand Pierre est rentré, ses amis ont cherché à le convaincre de me quitter à cause de la couleur de ma peau. Pierre leur a répondu : « Mais c'est la plus belle femme, ici. Sa couleur est superbe, barrez-vous... » Aujourd'hui, c'est à la mode d'avoir une peau foncée, mais à l'époque c'était encore considéré comme une tare.

J'ai tenu bon. Je me disais que ce type-là était fou mais qu'il avait le cœur sur la main. Il est très humain.

J'ai eu de la chance de le rencontrer. Même s'il faut reconnaître qu'il a un caractère impossible, vraiment impossible.

En même temps que Pierre, j'ai rencontré Hendrik, un Américain fortuné qui était très désireux de m'emmener aux États-Unis. Mais il y avait là aussi le problème de la langue. Et puis, je pensais que les gens riches sont orgueilleux, et que, comme les Chinois fortunés, ils sont malhonnêtes... Les riches, je les connais, parce que je les attire, tandis que Pierre, tout cradoque qu'il était, me plaisait. J'aimais bien qu'il ait du caractère, mais je n'étais pas amoureuse de lui. Je le lui ai dit, je ne pouvais pas mentir.

J'ai fait la connaissance d'un autre Américain qui travaillait dans l'informatique. Il est tombé raide amoureux de moi. Lui aussi voulait m'emmener à l'étranger. Mes amies du bordel m'ont avertie : « Aya, fais attention. (Je m'appelais Aya à l'époque, mon vrai prénom est Viriya.) Peut-être veut-il te vendre. Méfie-toi. Combien de types nous font ce coup-là ? » Avant de repartir chez lui, cet homme m'a offert cinq mille dollars, un vrai pactole, de quoi acheter une maison. J'en ai reversé mille à la mère maquerelle et j'ai libéré toutes les filles ; à chacune j'ai remis cinq cents dollars pour démarrer dans la vie. Je n'ai même pas pensé à en donner un peu à mes parents. C'était de l'argent facile. À la fin, je me suis rendu compte qu'il ne me restait même pas cent dollars, mais je ne l'ai pas regretté, je ne regrette jamais ces gestes-là. Pour moi, c'est juste un geste humain. Mon amie Roat, que j'ai perdue de vue maintenant, a démarré un petit commerce grâce à cet argent et, quelques mois plus tard, elle a rencontré celui qui allait devenir son mari et le père de ses deux enfants.

J'hésitais entre tous ces prétendants. Quand j'allais voir Pierre, nous pouvions parler de tout. Il mangeait le riz, il mangeait le *prahoc*, il mangeait comme tous les Cambodgiens. Surtout, j'aimais bien ce qu'il disait. Un jour, il m'a prévenue que sa mission se terminait et qu'il allait rentrer en France. Je n'avais pas envie de le suivre. Comme je n'avais toujours confiance en personne, je redoutais que, une fois arrivés là-bas, il me vende au premier bordel venu. « Si tu m'aimes, reste encore un peu au Cambodge. Ne pars pas, lui ai-je dit. Je ne t'aime pas, mais j'ai besoin de toi pour m'en sortir. » Il était d'accord.

Pendant que Pierre était parti en vacances au Vietnam, j'ai retrouvé un oncle que je n'avais pas vu depuis une dizaine d'années. Il travaillait dans la police. Il m'a emmenée dîner au restaurant. En sortant de l'établissement, j'ai croisé un Français, un copain de Pierre, qui, par jalousie sans doute, s'est empressé de prévenir ce dernier que j'avais recommencé à sortir avec d'autres hommes. En rentrant à la maison, quelques jours après, j'ai trouvé mes affaires devant la porte. Pierre me jetait dehors. À ce moment-là, je n'avais pas encore pris la décision de rester avec lui, mais je n'acceptais pas qu'on m'accuse sans raison. Je voulais lui montrer qui j'étais, pour qu'il voie si j'étais coupable ou non. Je lui ai dit que mon intérêt n'était pas de rester avec lui. Que, contrairement à ce que prétendaient certains, je n'étais pas une « ancienne prostituée » mais une « prostituée de force », qu'il n'y avait rien de volontaire là-dedans. Qu'il ne fallait pas m'accuser de coucher avec des types, alors que c'était faux. Que la seule chose que je voulais était me sortir de ce bourbier. Que si j'avais besoin d'argent, je pouvais m'adresser à Lolo, ou à d'autres amis, et non à un Khmer fauché. « Oui, objecta-t-il, mais on t'a vue... » Mais les idées étaient claires dans ma tête. Alors, j'ai longuement discuté avec lui. Je lui ai demandé de me laisser une dernière chance. C'est à ce moment-là que j'ai décidé de rester, de former un couple avec lui. Je voulais lui prouver que j'étais propre, qu'une femme qui veut sortir de la prostitution ne va pas se prostituer pour y parvenir. J'ai eu du mal à le persuader.

J'ai commencé à réfléchir. Jusqu'alors, j'avais une grande estime pour les Blancs. Je les croyais honnêtes, autonomes, humains, mais quand Pierre a cité les accusations de son copain, j'ai compris que Blancs et Khmers, c'était la même engeance.

Je suis restée. Peu après, nous sommes allés habiter pendant quelques mois chez une amie à lui, Brigitte, qui était amoureuse d'un Cambodgien, Sareth. Puis Pierre, qui ne travaillait plus comme biologiste, a eu l'idée d'ouvrir un bar-restaurant. Nous avons trouvé un local, en bordure du fleuve, près des Quatre-Bras, qu'il a baptisé L'Ineptie. C'était en 1992. Pierre a investi toutes ses économies, quelques milliers de dollars, pour aménager sommairement l'endroit. Il n'y avait pas de tables, on mangeait sur des nattes, à la cambodgienne.

Je l'ai prévenu que je ne me contenterais pas d'être la femme du tenancier. Je voulais bien travailler, mais j'exigeais un salaire. Je ne parle pas beaucoup mais je sais ce que je *veux*, et je sais ce que je *peux* faire. Auparavant, j'ai demandé leur avis à mon père et à mon frère. Ils sont venus voir Pierre et ils ont discuté avec lui. Je leur ai assuré que je voulais rester avec cet homme mais que je consacrerais toute mon énergie à aider ma famille. Je m'étais donné huit ans pour y parvenir : trois ans ici avec Pierre, quatre ans en France pour apprendre le français, et une dernière année ici, au retour, afin de trouver un travail qui rapporterait assez pour garantir l'avenir de ma famille. Au village, dans la maison de Père, c'était la disette. La plupart des enfants étaient partis mais ils gagnaient des salaires dérisoires, insuffisants. Les perspectives étaient sombres.

J'avais le sentiment que ma vie était finie. Mon corps lui-même était mort. Parfois, quand nous couchions ensemble, Pierre s'arrêtait. Il me disait qu'il ne voulait pas me forcer. Pourtant, je n'arrivais pas à me débarrasser de l'image du client qui s'impose par la brutalité, je n'y pouvais rien. Impossible de revenir à la vie, à l'innocence. Je ne savais pas où était ma jeunesse, où puiser pour trouver, sinon le bonheur, du moins l'apaisement. Pierre était gentil, mais les nuits étaient toujours difficiles pour moi.

C'était le désir d'apprendre qui me maintenait debout. J'allais à l'Alliance française pour apprendre le français. Je ne parlais pas beaucoup. Il y avait des journées où je n'ouvrais pas la bouche. Je pleurais parce que je n'aimais pas Pierre, mais il me captivait. Il était le seul à pouvoir m'aider parce qu'avec son esprit curieux il s'intéressait à tout.

Une fois le bar ouvert, il a dû rentrer temporairement en France pour régler une question de travail. Il devait rentrer au bout de quinze jours et m'a laissé vingt dollars pour subsister pendant cette période. J'aurais pu trouver de l'argent ailleurs, mais je me suis dit : « OK, il faut faire avec. Avec vingt dollars, on peut manger. » Je vivais beaucoup avec les voisins, une famille avec deux enfants très mignons. Le soir, ils venaient dormir avec moi, dans l'appartement au-dessus du bar, parce que je ne voulais pas rester seule la nuit. Nous attendions Pierre, c'était interminable. J'ai d'abord cru qu'il m'avait abandonnée. Puis j'ai reçu une lettre rédigée en khmer, à l'écriture maladroite mais moi aussi j'écris assez mal. Pierre était retardé, il était malade – une crise de paludisme ou quelque chose comme ça. Finalement, au bout d'un mois, il est rentré.

Nous nous sommes occupés de faire marcher notre petite entreprise, en vendant du café, de la bière, des sandwichs. C'était l'époque où la ville grouillait de personnel des Nations unies et de Casques bleus venus organiser la transition vers les élections. On pouvait escompter que ces gens-là auraient soif. Pierre me payait vingt dollars par mois. Alors, je me suis rappelé mes rêves d'enfant. Tout ce que j'aime, j'ai peine à l'avouer, ce sont les vêtements, les chaussures... Quand j'étais petite, au village, lors des fêtes du Nouvel An, *Phiom benh*, et surtout au Nouvel An cambodgien, *Chaul Chhnam*, en avril, chacun recevait des habits neufs pour aller à la pagode et pour se promener. Moi, je n'avais jamais de cadeau et j'admirais les vêtements des autres enfants. Je me disais qu'un jour ce serait mon tour. Je me souviens d'une femme qui était venue au village lorsque j'avais une douzaine d'années. C'était une citadine, mariée à un villageois. Je la trouvais belle comme une déesse, blanche, mince, je ne me lassais pas de la regarder. Elle parlait doucement, elle était jolie... et elle portait des chaussures pointues. Avec mes sœurs, nous étions pétrifiées d'admiration devant ces extraordinaires souliers. Nous, bien sûr, nous allions pieds nus. Alors, pour mon premier vrai salaire de travailleuse, j'ai pris mes vingt dollars – pour la première fois de ma vie, de l'argent propre, que je n'avais pas gagné en vendant mon corps –, j'ai foncé au marché et j'ai acheté pour vingt dollars de vêtements. Je ne suis pas comme les Cambodgiennes qui aiment les bijoux, l'or, les diamants ; tout ça ne m'intéresse pas. J'ai déniché une somptueuse robe violette à col blanc. Je me trouvais tellement belle dedans ! Les Chinois qui me l'ont vendue pour le double de sa valeur m'ont roulée, mais je n'ai pas discuté. Ce petit bonheur ne se marchandait pas. Le soir, quand le service s'est terminé, je suis montée à l'appartement et j'ai revêtu ma robe. Je ne l'ai jamais montrée à personne, car j'étais très timide, c'était juste pour moi, comme un habit de fée qui transformait tout.

Je me sentais exploitée malgré tout. Pierre aurait dû me payer davantage – cinquante ou soixante dollars. Je commençais à 7 heures et je finissais vers 1 ou 2 heures du matin. Il objectait que j'étais nourrie, logée ! Les mois suivants, j'ai mis un peu d'argent de côté. Mon idée était d'économiser pour acquérir quantité de vêtements d'un seul coup. Tout l'argent que je gagnais y passait. J'achetais aussi des chaussures, mais je ne trouvais pas de chaussures pointues. Je choisissais des vêtements d'occasion, moins chers. Je me souviens d'une robe verte, à grandes fleurs, que je portais tout le temps.

Pierre a téléphoné un jour à sa mère pour lui annoncer qu'il avait rompu avec sa petite amie française et qu'il vivait avec moi. Elle s'est écriée : « Une étrangère ! Mais ça ne marchera jamais ! » J'étais déçue, je découvrais que les Blancs étaient aussi racistes que les Khmers. Pierre m'a dit : « Je m'en fiche. Je ne suis pas marié avec ma mère, toi non plus, tu ne l'es pas. Je reste avec toi. » Cela m'a choquée de l'entendre parler ainsi. Comment peut-on dire « Je m'en fiche » à sa propre mère ? On lui doit le respect. Au Cambodge, quel que soit l'âge qu'on a, on se tait devant ses parents et on leur obéit. Je ne connaissais pas encore le monde des Blancs.

Nous avions un voisin, originaire de Toulouse, qui voulait faire une vidéo sur moi pour que Pierre puisse la montrer à sa famille. Pierre m'a filmée, mais j'étais paralysée par la timidité. Je n'arrivais pas à ouvrir la bouche. Les Français, en revanche, quand ils venaient dîner, bavardaient pendant des heures. Je n'ai jamais vu des gens aussi bavards. J'étais épuisée, je me demandais de quoi ils pouvaient bien parler jusqu'à des heures indues.

Un jour, Pierre m'a proposé de l'accompagner à Siem Reap afin de visiter les temples d'Angkor. Je ne connaissais rien de ces choses-là. Nous avons pris un bateau qui faisait la navette entre Phnom Penh et Siem Reap, nous avons remonté le fleuve et traversé le Grand Lac. Le lendemain, nous sommes arrivés à Siem

Reap, et nous avons logé dans une maison louée par une ONG, appartenant à une riche famille de fabricants de sirop. Nos hôtes m'ont très bien accueillie. Je me suis demandé pourquoi ces gens riches, qui me maltraitaient auparavant, me faisaient bonne figure dorénavant. J'ai compris qu'ils me considéraient comme la femme d'un Blanc, possédant donc de l'argent. Auparavant, je n'étais rien, personne ne s'intéressait à moi.

Nous avons commencé notre visite des temples, et j'ai été stupéfaite par ce que je découvrais. Ce monde-là dépassait de loin ce que j'avais appris à l'école, sur le travail de nos ancêtres bâtisseurs et les guerres incessantes. En outre, je retrouvais la forêt, qui enserrait les temples. Pendant toutes ces années, j'avais complètement oublié les forêts de mon enfance, dans la province de Mondolkiri, à l'autre bout du pays. Les sensations revenaient d'un coup. Quand j'ai visité le Preah Khan ou le Ta Prohm, j'ai été fascinée par ces arbres qui poussent jusque sur les tours et les murs. La jungle emprisonne ces monuments en une symbiose à laquelle je suis très sensible. Mais nous ne pouvions pas circuler comme nous le voulions sur le site à cause des mines. Il en restait alors beaucoup.

Nous avons passé une quinzaine de jours à visiter tous les temples avec fièvre. Pierre me faisait un cours à propos de chaque monument. Je ne comprenais pas comment il se faisait que moi, Cambodgienne, j'étais si ignorante, et lui, Blanc, si savant. Je lui ai demandé s'il avait vécu au Cambodge dans une vie antérieure. Il m'a répondu qu'il suffisait de lire des livres. Je ne m'étais jamais imaginé qu'il existait des livres relatant l'histoire du Cambodge, décrivant les monuments, donnant tous les renseignements utiles pour les visiter... Nous sommes allés jusqu'à Banteay Srey, un temple magnifique, un véritable joyau, à une vingtaine de kilomètres à l'écart des autres, en traversant la forêt par des pistes défoncées. Il a parfois fallu pousser la moto, tellement la route était coupée de fondrières. Dans cette forêt, j'ai été submergée de réminiscences, de sensations. J'ai retrouvé un bien-être perdu, comme si je renouais avec une ancienne vie occultée au fil du temps... J'ai commencé à m'interroger : Qui étais-je ? D'où venais-je ? Je ne voulais plus partir, malgré Pierre qui insistait pour rentrer. Je changeais. En partant, je voulais déjà revenir.

Pierre avait décidé de rentrer à Phnom Penh en avion. Moi, j'aurais préféré rentrer en bateau, je n'étais jamais montée dans ces machines-là et ne comprenais pas comment elles marchaient. J'ai passé la nuit à y réfléchir, dévorée par l'angoisse. Finalement, le lendemain matin, nous nous sommes présentés à l'aéroport. J'étais décomposée. Pierre m'a installée, il a attaché ma ceinture, s'est efforcé de me calmer. Le décollage et l'atterrissage ont été des moments de pure panique. À l'arrivée j'étais livide, je tenais à peine debout.

Je n'en finissais pas de m'interroger sur Pierre, sur ce qu'il attendait de la vie. Toutes ces réflexions tournaient autour de la question : Pouvait-il m'aider ? Était-il un bon choix pour moi ?

Un jour, dans notre bistrot, je me suis engueulée avec le serveur. Je ne sais plus pourquoi mais le ton a monté très vite et il a fini par me traiter de « sauvage noire », de barbare (*phnong*). J'ai appelé Pierre à la rescousse. Lui, au lieu de me soutenir, s'est mis à me crier dessus. Alors j'ai crié aussi. Il m'a giflée. Je suis sortie pour pleurer. Je me disais que, comme mon « grand-père », comme mon ex-mari, Khmers et *barang* confondus, tous les hommes croyaient pouvoir lever la main sur moi. Cette découverte, qui me replongeait dans l'enfer, m'attristait infiniment. Mais je gardais mon but présent à l'esprit et je continuais à penser que Pierre, même s'il n'était pas exempt de défauts, était un bon choix... Le lendemain, il m'a parlé comme si rien ne s'était passé, mais je me suis murée dans le silence.

Le bistrot périclitait. Des bagarres se produisaient parfois qui rendaient la vie pénible. Je me souviens surtout de mon étonnement quand ont débarqué des Camerounais qui faisaient partie des Casques bleus. Ils ont dansé et bu toute la nuit. Moi, au Cambodge, on me traite de « noire », et je vois arriver ces « Blancs »-là à la peau plus noire que la mienne ! Je n'y comprenais rien.

Comme la situation semblait de plus en plus tendue à l'approche des élections et que le bistrot avait tendance à perdre de l'argent, Pierre a pensé qu'il était temps de rentrer en France. Or je ne pouvais le suivre que si nous étions mariés. Je ne tenais pas à me marier, mais c'était la seule solution pour obtenir un passeport et un visa. Nous avons vendu le bistrot et attendu les papiers. J'ai trouvé un boulot temporaire pour les Nations unies, qui me rapportait cent dollars par mois. Une aubaine !

Sur les papiers de mariage, la cérémonie était prévue le 8 mai. C'était un jour férié en France et cela correspondait aussi avec la date du premier mariage de

Pierre. Alors, j'ai corrigé et j'ai inscrit « 10 mai », juste pour le contrarier ! Nous avons fait une petite fête dans une boîte africaine, après avoir mangé au restaurant indien. Pierre avait passé plusieurs années à travailler en Afrique et il aimait beaucoup la compagnie des Africains. Nous sommes partis le 16 mai 1993. Il fallait prendre l'avion, et quitter le pays, pour la première fois. Mes sœurs nous ont accompagnés à l'aéroport et elles pleuraient toutes les larmes de leur corps. J'étais nouée par l'angoisse. J'avais soigneusement préparé mes bagages et glissé un couteau dans la valise, pour le cas où Pierre aurait décidé de me vendre à l'arrivée. On parlait beaucoup de trafic de femmes dans son pays, on disait qu'il fallait se méfier. Ma confiance dans le genre humain était assez limitée. J'étais déterminée : « S'il me vend, je le tue. »

6. La France

Dans l'avion, Pierre m'a avoué qu'il avait mis tout son argent dans l'affaire du bistrot. Il lui restait en tout et pour tout cinq cents francs à la banque, et nous allions devoir nous serrer la ceinture. Nous devions démarrer une nouvelle vie avec ce pactole. Je n'avais pas peur : la pénurie, je connaissais.

Nous avons fait escale à Kuala Lumpur, en Malaisie. Pour sortir de l'aéroport, il fallait emprunter un escalier roulant. J'ai refusé tout net : il était hors de question de poser le pied sur le dos de ce gros serpent ondulant. Pierre a dû me prendre par la main. En attendant le moment d'embarquer dans notre avion pour la France, nous sommes allés à l'hôtel. Un hôtel de luxe, situé au vingt-cinquième étage d'un building, dont le coût pour la nuit était compris dans celui de notre billet d'avion. Sur le trajet, j'apercevais des tours immenses, très belles, comme il n'en existe pas au Cambodge. C'était un autre monde, inconnu pour moi. Tout m'étonnait. Pierre m'a fait couler un bain avec de la mousse. Je n'avais jamais vu ça. Il voulait que j'entre dedans mais j'avais une peur bleue de me noyer ! De plus, l'eau était chaude. Toute ma vie, je ne m'étais lavée qu'à l'eau froide. Et même si je vivais avec Pierre depuis trois ans, je ne m'étais jamais entièrement déshabillée devant lui, je prenais toujours ma douche avec un *krama* ou une serviette. Je lui ai donc demandé de sortir de la salle de bains avant d'entrer dans la baignoire. Cette chaleur m'incommodait. J'avais peur que la mousse ne cesse de monter et qu'elle m'engloutisse. Et puis, peu à peu, l'angoisse s'est atténuée et j'ai commencé à éprouver du bien-être.

Pierre a voulu ensuite que nous sortions faire une promenade. J'ai revêtu un beau sarong vert, la longue jupe cambodgienne, qui ressemble assez à celle des Malaises. Dehors, les gens me prenaient pour une fille du pays, ils s'adressaient à moi en malais. Nous sommes allés visiter les grandes mosquées, j'ai trouvé tout cela superbe, propre. Puis il a fallu reprendre l'avion. Je n'ai rien dit, je voulais montrer que j'étais forte.

Nous sommes arrivés à Paris le 18 mai 1993. Il faisait frais. Nous sommes allés tout droit chez Jeanine, la tante de Pierre, qui vit en banlieue. Je n'étais pas assez couverte, elle l'a bien vu. Elle a allumé le chauffage, mais je ne savais pas ce que c'était. J'ai pensé qu'elle avait branché le climatiseur et j'ai dit à Pierre de lui demander de l'éteindre... Je n'avais pas de pull-over, Pierre non plus d'ailleurs.

A Paris, j'ai trouvé que tout était triste : les arbres noirs, pas de verdure, pas de fleurs. Toutes les plantes avaient l'air mortes. Le plus choquant, c'était la présence des chiens dans la maison. Chez nous, les animaux restent dehors, ils sont trop sales. En France, les maisons sont petites, agglutinées les unes sur les autres, sans espace autour. On étouffe, là-dedans.

Pour me faire plaisir, Jeanine avait décidé de cuisiner du riz pour accompagner le jambon que nous étions allés acheter. À midi, elle n'avait toujours pas commencé. Chez nous, on s'y met vers 10-11 heures et, sur les braises, le riz cuit lentement. Quand j'ai vu qu'elle plongeait des sachets dans l'eau, je me suis dit qu'elle était folle. C'était prêt en quelques minutes, elle a ajouté du beurre et elle a servi. Le riz était cru ! Chez nous, le riz cru donne la diarrhée. J'ai dit à Pierre que c'était infect, mais j'ai adoré le jambon.

Pierre a rendu visite à des amis pendant deux jours. Il m'a plantée là en me disant de me débrouiller, alors que je ne parlais pas un mot de français. J'ai passé toute la nuit dans la salle de bains, le seul endroit où je pouvais allumer, à me demander de quel droit il m'abandonnait de la sorte, chez sa tante, sans un sou. Est-ce que tous les Français agissaient ainsi ? Je me suis dit qu'il fallait être forte, que je saurais bien lui faire payer cette trahison, qu'il fallait montrer qui j'étais.

Finalement, à son retour, il m'a proposé d'aller visiter Paris. Nous étions dans une banlieue lointaine, il a fallu prendre le train puis le métro. Pour moi, ces choses-là étaient nouvelles, incompréhensibles, inquiétantes. Ce train, qui se déplaçait sur deux tiges de fer, risquait de glisser. Chez nous, le train avance à la vitesse de l'homme au pas...

Nous sommes allés voir la tour Eiffel. Il paraît qu'elle est célèbre dans le monde entier, mais moi, je n'en avais jamais entendu parler. Aussi, Pierre m'a expliqué comment monsieur Tour-Eiffel avait bâti son ouvrage. Je lui ai rétorqué que ce n'était qu'un tas de ferraille, qu'on ne pouvait pas comparer cette tour à Angkor et à ses délicates sculptures dans la pierre. Je n'étais pas impressionnée pour deux sous. Je ne la trouvais pas jolie. Maintenant, j'ai appris son histoire et je l'aime bien.

J'avais faim. J'avais délaissé le riz mais il n'y avait pas grand-chose d'autre à manger, et Pierre ne m'avait pas donné un centime. Pourtant, je n'ai rien dit. J'ai vu des gens tirer de l'argent d'une sorte de grosse boîte fixée au mur. « Alors, c'est comme ça..., me suis-je dit. Quand ils en ont besoin, les gens font cracher de l'argent à cette boîte. C'est vraiment une bonne idée. » J'ai plié un papier et je l'ai glissé dans la fente. Puis j'ai demandé à Pierre pourquoi la boîte me refusait de l'argent, à moi. Il m'a expliqué comment cela fonctionnait, une chose qui me paraît, aujourd'hui encore, extraordinaire. Nous sommes aussi allés dans les magasins, et c'était un spectacle merveilleux. Toutes ces chaussures pointues ! Tous ces beaux habits ! J'ai trouvé que mes vêtements, rapportés du Cambodge, étaient d'un moche !

Ensuite, nous avons été invités à dîner chez son oncle Jean. Pierre m'avait prévenue que, dans sa famille, on était plutôt du genre conservateur. Jean est venu me chercher – Pierre était je ne sais où – dans une belle voiture et il a attaché la ceinture de sécurité pour moi. Quand nous sommes arrivés, il est sorti de la voiture et il a fermé sa portière. Moi, j'étais encore à l'intérieur, ignorant comment détacher cette maudite ceinture. Il me faisait des signes, mais je ne savais pas quoi faire. Il a fallu qu'il me détache lui-même.

Au dîner, tous les mets étaient nouveaux pour moi. Certains étaient à vomir, comme le poisson à la crème, que j'ai dû me forcer à goûter, et ces fromages dont l'odeur était une véritable infection. J'ai pensé que les Français mangeaient énormément. Je me suis dit aussi que j'allais mourir de faim et j'ai commencé à perdre du poids.

Nous sommes partis à Nice, chez la mère de Pierre, dont le chien, Tatou, aboyait sans cesse comme un damné et mangeait à table dans une assiette. Ça me dégoûtait de vivre au côté de cet animal. Le soir de notre arrivée, Pierre était invité chez des copains. J'ai songé que cela allait encore traîner en longueur, qu'ils bavarderaient à n'en plus finir pendant que je m'ennuierais. J'ai pu avaler un peu de patates au four, mais le riz me manquait. J'ai essayé de me forcer en me disant qu'il fallait bien accepter les façons de faire de l'endroit, mais après le repas je suis allée vomir dans les toilettes.

J'étais ahurie par la succession des plats, l'abondance, et surtout le fait que les gens ne terminent pas leur assiette. Avec ce qu'ils laissaient, on aurait nourri des familles entières de Cambodgiens. Chez nous, on ne mangeait de la viande qu'une ou deux fois par an, pour les fêtes. Ma mère achetait pour vingt personnes deux cents grammes de viande, qu'elle hachait très fin. Constater l'orgie de nourriture de ces Français me mettait mal à l'aise. Ils ôtaient le gras, laissaient les os à peine récurés, jetaient la peau du poisson et les arêtes, toutes choses dont se seraient régalés des gens comme moi, s'ils avaient eu la chance d'en avoir dans leur assiette ! Nous avions été éduqués par mon père à finir notre ration et à ramasser un grain de riz tombé sur la table. Le riz, nous savions quelle quantité de labeur il fallait accomplir pour l'obtenir, parce que nous, tout enfants que nous étions, nous participions à ces travaux. Jeter de la nourriture, comme le faisaient ces joyeux convives, était inconcevable. La soirée traînait en longueur... 1 heure... 2 heures du matin... ils étaient toujours à jacasser. Pierre ne me traduisait aucun propos, j'étais perdue, encore fatiguée par le décalage horaire, au bord de l'épuisement... une petite sauvageonne assise toute seule dans son coin de 19 heures à 2 heures du matin, sans dire un mot...

Je voulais prendre des cours de français mais nous n'avions pas d'argent pour cela. J'avais appris quelques mots en allant à l'Alliance française, avant de partir du Cambodge, mais c'était tout. J'avais apporté dans mes bagages un dictionnaire et j'ai demandé à Pierre de me conseiller un livre pour enfants. Mais *Le Lion*, de Joseph Kessel, qu'il m'a donné, était trop difficile pour moi, je ne pouvais pas le lire.

Nous habitions chez ma belle-mère, et je sentais bien qu'elle ne m'aimait pas. Pour elle, je n'étais qu'une étrangère. Alors, la plupart du temps, je restais enfermée dans ma chambre, sans pouvoir parler à personne. J'étais aussi isolée que dans une prison. Un jour, je suis sortie et j'ai trouvé un exemplaire de *Nice-Matin*. En feuilletant le journal, je suis tombée sur la rubrique « recherche d'emploi ». J'ai consulté ces mots dans le dictionnaire et je me suis rendu compte que je pouvais trouver un travail grâce à ce journal. En vérifiant les termes un à un, j'ai compris qu'on cherchait des femmes de chambre. J'ai demandé à ma belle-mère de m'emmener à l'agence de recrutement. Là, il y avait toutes sortes d'étrangers, et j'ai expliqué, surtout avec des mimiques, au directeur que je voulais travailler. Il m'a donné le job. Il fallait commencer le lendemain matin. Ma belle-mère m'a emmenée jusqu'à l'hôtel Hibiscus, et j'ai soigneusement mémorisé le trajet.

Le lendemain, je suis partie à 6 heures et demie et j'ai refait le trajet sans me tromper. Il y avait là Madame Josiane. Elle m'a attribué une dizaine de chambres. Nettoyer, je savais le faire, mais je n'étais pas habituée à faire les lits correctement et à me servir de l'aspirateur. Cet engin me causait une frayeur terrible. J'avais toujours peur qu'il s'attaque à mes pieds, qu'il me grimpe dessus. Je devais faire un gros effort sur moi pour apprivoiser ce monstre qui faisait un bruit effrayant, j'en avais les larmes aux yeux. Au bout de deux ou trois jours, j'ai maîtrisé le problème et me suis mise à exécuter mon travail convenablement. Au bout d'une semaine, Madame Josiane a trouvé que c'était parfait. Elle m'aimait bien. Je ne prenais pas de pause à l'heure du déjeuner. À 15 heures, je filais sans avoir mangé. À la fin du mois, j'ai perçu mon premier salaire. J'étais en France depuis deux mois seulement et j'avais touché deux mille cinq cents francs ! Je commençais à communiquer avec les gens, en particulier avec des clients de l'hôtel, qui me laissaient parfois un pourboire. Je me souviens d'une vieille dame que j'avais aidée à ranger ses affaires. Elle m'a pris la main et m'a dit : « Jolie ! Jolie ! » Comme je ne connaissais pas ce mot, je lui ai demandé de l'écrire pour pouvoir chercher ensuite dans le dictionnaire ce qu'il signifiait. C'était bien la première personne à me dire que j'étais jolie ! Je me suis regardée dans la glace et j'ai pensé qu'elle se moquait de moi.

Au bout de trois mois, je parlais un peu le français, mal, mais je me faisais comprendre et je comprenais mes interlocuteurs. On m'avait réglé mon salaire par chèque. Que faire avec un chèque ? Pierre, un peu mortifié que je trouve du travail avant lui, m'a expliqué qu'il fallait le déposer à la banque, sur notre compte. J'ai aussitôt ressenti une angoisse : si nous divorcions, Pierre serait en mesure de me prendre mon argent. J'ai décrété que je voulais ouvrir un compte à mon nom. « T'es vraiment chinoise ! » a-t-il rétorqué. Quand nous sommes allés à la banque, lorsqu'on m'a demandé si je voulais qu'une autre personne ait procuration, mon mari, par exemple, j'ai dit non, trois fois non. La confiance, je n'en éprouvais pas tellement : au bout de huit jours passés à Nice, Pierre était retourné voir son ex-femme. Il était parti à 17 heures et revenu vers 3, 4 heures du matin. Peut-être que je ne l'aimais pas, mais j'étais quand même jalouse.

Ma belle-mère se montrait malveillante envers moi. Un incident s'était produit, un jour où elle était sortie. Des amis à elle logeaient à la maison avec leurs enfants, ce genre d'enfants mal élevés qui sautent partout et font des dégâts. J'ai dit à l'un des petits : « Ne saute pas comme ça. *Yey* va revenir et ne sera pas contente. » *Yey*, c'est ainsi que nous appelons les femmes en âge d'être notre grand-mère, au Cambodge, c'est un terme de respect. Mais la mère des garnements a compris « la vieille » et elle s'est empressée de raconter à ma belle-mère que je l'appelais « la vieille » dès qu'elle avait le dos tourné. Celle-ci est entrée en fureur, ses yeux bleus lançaient des éclairs. Elle m'a enfermée dans ma chambre en donnant un tour de clé. J'en ai été attristée, je ne comprenais pas les raisons de sa méchanceté, ni en quoi je la suscitais. Ces gens-là savaient pourtant pertinemment que je parlais à peine le français.

J'ai tout raconté à Pierre quand il est rentré ; lui a compris. Il est allé expliquer le quiproquo à sa mère, mais je me sentais encore mal à l'aise avec elle. Elle me faisait peur et je n'osais pas déjeuner lorsque je rentrais du travail vers 15 heures. En trois mois, j'ai perdu dix kilos. Je redoutais de m'affaiblir et de tomber malade. Je me souviens d'un repas où elle nous a servi un œuf à chacun, avec des épinards, et a donné de la viande au chien. Nous nous sommes regardés, Pierre et moi, interloqués. Elle multipliait les vexations envers moi. Quand ses amies lui rendaient visite, elle les recevait au salon et m'enfermait dans ma chambre. En rentrant du travail, il fallait que je fasse le ménage et la vaisselle. Je ne disais rien à Pierre. Selon la coutume cambodgienne, on doit tout supporter de sa belle-mère et ne pas se plaindre à son mari, sinon, comme disent les Cambodgiens, « tu mets le feu au-dehors, il va brûler au-dedans », ce qui signifie que le fils est obligé de prendre parti pour sa mère contre sa femme. Le mieux est donc d'endurer en silence. C'est ce que j'ai fait. J'ai été éduquée pour être esclave, et j'ai été esclave.

J'ai décidé de changer d'hôtel. À l'Hibiscus, ils payaient mal, je travaillais tous les jours, y compris le samedi et le dimanche, et il y avait des clients qui m'embêtaient. L'hôtel Congés Bleus, où j'ai été embauchée, accueillait des retraités qui venaient y passer deux ou trois semaines de vacances, ce qui nous laissait le loisir de faire connaissance. C'est là que j'ai vraiment appris à parler français. Certains clients étaient pleins d'affection pour moi, ils m'appelaient « ma petite princesse chinoise ». J'aime bien les personnes âgées. Je me disais qu'elles méritent qu'on s'occupe d'elles, avec respect et attention. Les autres filles de service me laissaient volontiers faire. L'un de ces clients, Monsieur René, n'était pas commode.

– Monsieur René, s'il vous plaît, ouvrez la porte, lui disais-je. C'est Somaly, la femme de chambre. Monsieur René, s'il vous plaît, habillez-vous avant d'ouvrir la porte. Je ne veux pas vous voir tout nu !

Finalement, il m'ouvrait et je pouvais entrer avec le plateau du petit déjeuner. Je l'installais, j'aérais un peu la pièce, qui sentait le fauve.

– Qui es-tu ? braillait-il.

Je lui expliquais alors que j'étais nouvelle, que je venais du Cambodge. Je lui parlais gentiment pendant qu'il invectivait la terre entière.

D'autres personnes âgées aussi étaient contentes que je m'occupe d'elles. À certaines, qui souffraient de rhumatismes, je faisais des massages, comme c'est la coutume au Cambodge, chose qu'elles appréciaient.

Un jour, ma belle-mère a levé la main sur moi. Alors, j'ai dit : « C'est fini. » Pour moi, elle avait atteint la limite. Pierre l'a compris, et nous avons loué un petit logement ; il venait de trouver un travail dans un laboratoire. Il m'a poussée à réagir, si bien que je me suis décidée à téléphoner à ma belle-mère, pour lui dire tout ce que j'avais sur le cœur. J'en ai ressenti un immense soulagement. C'était la première fois que j'osais parler ainsi à une personne âgée !

Au bout de quelque temps, j'ai travaillé à mi-temps comme femme de chambre et à mi-temps comme serveuse. Je préparais les petits déjeuners, tôt le matin. La directrice était contente de moi. Les clients me donnaient souvent des pourboires, et je gagnais pas mal ma vie. Six mois plus tard, Pierre s'est retrouvé au chômage.

Je partais le matin vers 6 heures et je parcourais à pied une dizaine de kilomètres pour me rendre à l'hôtel. J'en sortais dans l'après-midi et j'arrivais à la maison vers 17 heures. À 18 heures, je repartais pour aller travailler dans un restaurant chinois où je faisais surtout la plonge. Je finissais vers 1 heure du matin. À ce rythme-là, je maigrissais à vue d'œil. Un jour, à l'hôtel, je me suis évanouie. Le médecin m'a prescrit quinze jours d'arrêt, mais je ne sais pas rester sans rien faire ; deux jours plus tard, je suis retournée au travail. Là, je pouvais rencontrer toutes sortes de gens, améliorer mon français, et les clients étaient sympathiques. Certes, il y avait de la jalousie parmi le personnel, et il m'arrivait de me faire traiter de « chinetoque ». Des femmes de ménage m'en voulaient de recevoir des cadeaux de certains clients, mais d'autres serveurs me disaient de ne pas y prêter attention. Pourtant, un jour, le ton a monté et j'en ai eu marre. J'ai pris un couteau dans la cuisine et j'ai clamé : « Si vous continuez à me faire chier, je vous le plante dans le ventre ! » (Il faut reconnaître que j'apprenais le français sur le tas, non sur les bancs d'une école avec des professeurs au vocabulaire châtié...) Eh bien, ô miracle, les envieuses m'ont laissée tranquille ensuite. Elles disaient : « Elle est petite, Somaly, mais elle est méchante. »

Un après-midi, je suis sortie de l'hôtel un peu plus tôt que d'habitude et j'ai décidé de faire un tour dans la ville de Nice, que je connaissais mal. J'ai pris un autobus, je suis descendue n'importe où, dans un quartier que je ne connaissais pas. J'ai tourné, marché, j'étais bel et bien perdue. J'ai téléphoné à Pierre mais il m'a répondu de me débrouiller toute seule, comme une grande. Si j'étais arrivée là, je pouvais bien en repartir. Pierre est comme ça. Comme l'endroit où nous habitions était proche de la mer, je me suis dit qu'en trouvant le bord de la mer et en le suivant, je parviendrais à retrouver mon chemin. J'ai marché, jusqu'à en avoir mal aux pieds. Je suis tombée par hasard sur une enseigne rédigée en khmer : *Ku tieu Phnom Penh*, la « soupe aux nouilles de Phnom Penh ». En plein Nice, la chose m'a semblé extravagante ! J'ai cru que je rêvais. Je suis entrée et quand je me suis adressée à eux en khmer, les gens m'ont répondu dans la même langue. J'étais bouleversée, j'en avais les larmes aux yeux. Je me suis installée et j'ai avalé deux bols de *ku tieu*, puis un café au lait concentré sur de la glace pilée, comme on en boit au Cambodge, une boisson quasi introuvable en France ! C'est ainsi que j'ai noué des contacts avec les Khmers de Nice, qui forment une petite communauté. Comme une fête devait avoir lieu avec des danses cambodgiennes – celles-là mêmes que j'avais appris à danser enfant –, je me suis proposée.

À cette occasion, j'ai fait de nombreuses connaissances.

J'ai cherché un autre emploi. Je gagnais environ trois mille francs à l'hôtel, mais le studio nous en coûtait deux mille cinq cents. Il nous fallait de toute évidence un complément. De son côté, Pierre était en contact avec quelqu'un qui cherchait à monter un laboratoire au Cambodge, mais les négociations traînaient en longueur.

Sur le front de mer s'alignaient de nombreux restaurants asiatiques. Alors, j'ai frappé à toutes les portes pour réclamer du travail. Un Chinois du Cambodge m'a engagée dans son établissement où, avant de commencer mon travail, je pouvais manger le riz. Comme je commençais aussi à m'habituer à la nourriture française, en particulier à la purée de pommes de terre, j'ai repris du poids et des forces.

Au restaurant chinois, j'avais un emploi au noir. Parfois on me payait, parfois non. Pierre venait me chercher vers 1 ou 2 heures du matin. « Ah ! Tu pues. Ne t'approche pas de moi ! » s'exclamait-il souvent. Je me sentais accablée par cette injustice. C'est vrai qu'on sent mauvais quand on fait la plonge, et je n'avais pas tous les soirs la force de me laver à la fin d'une longue journée de travail. J'ai fini par demander à Pierre de ne plus venir me chercher. Je préférais rentrer à pied. J'aurais bien aimé trouver du réconfort dans les bras de mon mari, mais il ignore la douceur, la tendresse, toutes choses qui ne font pas partie de son caractère. Sa personnalité est brute, avec les angles à vif. Cela dit, auprès de lui, j'ai appris à discuter, à défendre mes positions, parce que face à un homme comme lui il faut savoir argumenter.

Et j'ai eu des vacances, mes premières vacances ! Mais nous n'avions pas un sou. Un cousin de ma belle-mère, qui vivait à Villefranche, dans le Beaujolais, nous a fait savoir qu'il y avait du travail dans la région, à l'occasion des vendanges. Nous sommes donc partis là-bas. Cet homme-là était tout à fait gentil, avec une bonne bouille ronde. Il m'a tout de suite appelée « ma petite chinetoque » ! Lui et sa femme, qui était polonaise, nous ont trouvé du boulot.

Notre patron s'appelait Marcel. Quand il m'a vue, il m'a trouvée trop maigre et a estimé que je ne tiendrais pas le coup. « Il va voir à quel point il se trompe », ai-je dit à Pierre. Le lendemain, nous avons commencé. Pierre a tout de suite trouvé insupportables le froid, l'humidité, la terre qui colle aux pieds... Moi, en revanche, j'ai trouvé ce travail passionnant : j'aimais couper les grappes ; tout m'émerveillait, la beauté des raisins, les couleurs, les senteurs de la terre. Je travaillais deux fois plus vite que les autres. Marcel était aux anges. Certaines heures, on s'arrêtait pour « casser la graine ». C'est là que j'ai appris à manger du fromage et de la charcuterie, bref à devenir vraiment française ! J'ai découvert la cuisine française, celle de la campagne, avec ses soupes et ses plats – loin des sachets de riz mal cuit ! L'activité physique creusait l'appétit et je mangeais de bon cœur. Marcel m'a appris à « faire chabrot ». J'ai expérimenté les vertus du vin rouge. À notre départ, Marcel nous a offert une caisse d'excellent beaujolais.

Ensuite, nous sommes allés vendanger en Bourgogne. Pierre a déclaré forfait, mais moi j'aimais ce travail. Surtout à Gevrey-Chambertin ! Là, le patron était si content de moi qu'à la fin il m'a donné une bouteille d'un excellent millésime. Le cousin de Villefranche m'a confirmé que c'était un cadeau de grand prix. Alors j'ai décidé de la rapporter au Cambodge. Je l'ai offerte à mon père, qui n'avait jamais bu de vin de sa vie et qui, évidemment, n'était pas en mesure de l'apprécier. Mais ce cadeau ne pouvait pas être destiné à quelqu'un d'autre qu'à lui !

7. Retour au Cambodge

Début 1994, nous sommes retournés au Cambodge. Pierre avait un contrat avec Médecins Sans Frontières pour faire des analyses en laboratoire. Moi, avec mon nouveau statut de « femme de Blanc », j'avais l'idée de créer une association pour les femmes et les enfants happés par les réseaux de prostitution. Je reprenais contact avec le monde en plein essor des bordels.

Alors que nous étions à Kratié, une ville du nord-ouest, sur le Mékong, et que j'étais en train de parler avec des filles, toutes très jeunes, le tenancier, est arrivé. Je le connaissais. Il a sorti un revolver et me l'a mis sur la tempe en me disant que j'étais une salope, qu'il allait me tuer, que je n'avais rien à faire là, dans ses bordels, que je devais ficher le camp, et vite. Sur le coup, j'ai eu peur. Puis je me suis rappelé que je descends des peuples de la forêt, qui n'ont peur de rien. J'ai tourné la tête et répliqué :

– Si vous voulez me tuer, si ça vous amuse, faites-le. Dans tous les cas, vous aurez de gros problèmes...

Je l'ai bluffé. Il a rangé son arme. Ensuite, je l'ai fait arrêter par la police !

Mes visites avaient des effets mitigés. Les filles m'ont expliqué que leur donner des préservatifs ou les emmener à l'hôpital pour se faire soigner ne servait pas à grand-chose. Quand un client refusait de se servir du préservatif, il était impossible de l'y contraindre ; si elles insistaient, il se plaignait et elles étaient battues. À l'hôpital, on leur prescrivait des traitements qui nécessitaient qu'elles s'arrêtent de travailler quelque temps. Pourtant, le soir même, elles recevaient cinq ou six clients, et le traitement était vain. Mon action n'était ni évidente ni facile ; je devais faire mon apprentissage. Il ne suffisait pas d'avoir de la compassion, il fallait convaincre les filles. Or, selon elles, la seule solution véritable était de quitter le bordel. Mais je n'avais pas les moyens de les aider. Je leur disais donc qu'il fallait attendre, que j'allais trouver une solution.

Un des responsables de Médecins Sans Frontières, avec qui j'en avais parlé, estimait que cela ne relevait pas de son domaine d'intervention. Alors j'ai emmené sa femme, nommée Marie-Louise, visiter les bordels. Elle a vu les filles battues, les gamines portant des marques de brûlures de cigarette, des plaies, des bleus partout. Quand nous sommes rentrées au bureau de MSF, elle ne pouvait plus parler. Elle était secouée de sanglots.

Puis j'ai dû m'interrompre. J'étais malade, on ne savait pas de quoi. Je suis retournée en France, toute seule cette fois. Arrivée chez Jeanine, la tante de Pierre, j'ai été prise en charge par des médecins, tous très gentils et attentionnés, qui ont constaté que j'étais enceinte. Cette grossesse a produit un changement radical dans l'attitude de ma belle-mère. La perspective de devenir grand-mère a éveillé en elle des sentiments nouveaux, inconnus. Elle a faxé la nouvelle à Pierre. Pour ma part, je n'étais pas enthousiaste ; je ne me sentais pas mûre, pas prête, j'avais peur d'avoir ce bébé dans l'existence chaotique qui était la nôtre. J'ai songé un instant à me faire avorter, puis j'en ai parlé à Pierre au téléphone et nous avons décidé d'avoir ce bébé. Nous avons commencé par nous chamailler au sujet du prénom ; Pierre aimait beaucoup Reaksmey, qui signifie « rayon de lune » ; de mon côté, je me rappelais le goût de mon père pour des prénoms débutant par « so » – une racine sanscrite signifiant « heureux, fortuné, qui porte chance ». Alors j'ai pensé à Sovan, « Van » voulant dire « couleur », et désignant l'or en khmer. Reaksmey Sovan, c'est le mélange de la couleur de la lune et de celle de l'or, du soleil. Il fallait en outre un prénom français. Pierre faisait des propositions de plus en plus délirantes. Finalement, en ouvrant un dictionnaire, il est tombé sur le nom d'une ville turque, Adana. C'est ainsi que s'appellerait notre fille, du nom d'un endroit situé entre la France et le Cambodge...

Je suis retournée à Phnom Penh, où Pierre avait un travail. En novembre 1995, j'ai donné naissance à un amour de petite fille, Adana, que nous appelons plus souvent Titi. J'étais partie avec ma belle-mère à Bangkok, où l'accouchement a été quasi immédiat. Pierre avait beau me rassurer, j'étais angoissée, car je me souvenais des accouchements que j'avais pratiqués à l'hôpital, dans des conditions de dénuement total. Les enfants et les mères mouraient sans qu'on puisse rien faire, dans la proportion d'un sur deux. De plus, je ne pouvais pas communiquer avec le médecin obstétricien, qui parlait seulement le thaï et l'anglais. Mais tout s'est très bien passé. Je m'émerveillais à l'idée que ce bébé soit ma fille... Pourtant, je ne savais pas quoi faire. L'attitude de Pierre n'arrangeait pas les choses : il aime qu'une femme soit belle et, pendant ma grossesse, j'avais l'impression de moins lui plaire, même si je n'avais pris que cinq kilos, que j'ai d'ailleurs presque aussitôt perdus. Je me demandais comment nous allions faire pour élever cette enfant, moi qui n'avais jamais été éduquée, et Pierre qui l'était à peine davantage. Mon mari prétendait qu'il fallait laisser faire la nature. Je regardais la petite et je me disais qu'il ne fallait pas qu'elle soit comme moi. « Adana, jamais je ne t'abandonnerai. Je serai toujours avec toi », lui promettais-je. Je comprenais mieux pourquoi Pierre me poussait toujours à être autonome, maintenant qu'il fallait que je prenne en charge cette enfant.

Pour ma belle-mère, c'était une vie nouvelle. Nous sommes devenues très proches. Elle est restée avec nous pendant six mois. Et quand nous allions nous promener, mon mari, pour la première fois de notre vie, me disait : « Que tu es belle ! »

En janvier 1996, nous avions rédigé, avec l'aide d'un ami néerlandais, Eric Merman, un ancien de MSF venu travailler avec nous, un projet que nous avons soumis au bureau de la délégation de la Communauté européenne à Phnom Penh. Nous étions trois à fonder « Agir pour les femmes en situation précaire » (Afesip) : Pierre, Eric et moi. Pendant que Pierre travaillait et gagnait de quoi faire bouillir la marmite, Eric et moi faisions le tour des organisations susceptibles de contribuer au financement de notre association. J'avais acquis en France une maîtrise suffisante de la langue, qui me servait à faire partager mes convictions quand il fallait batailler. On savait, dans ce petit monde, que je connaissais la question à fond. D'ailleurs, les organisations m'envoyaient les journalistes de passage qui voulaient rédiger un papier sur ce sujet.

Je me souviens de notre dépôt de projet à la Commission européenne, auprès de la représentante du bureau de l'Union européenne à Phnom Penh. Nous remettons le projet. Trois mois plus tard, on nous apprend que le dossier s'est perdu. Nous le déposons de nouveau. Lors de notre seconde visite, la représentante ne l'a toujours pas. Elle nous demande :

– Mais à la fin, que voulez-vous ?

Eric et moi lui expliquons ce que nous faisons.

– Il n'y a pas de prostituées ici, nous rétorque-t-elle.

Elle était là depuis au moins un an.

– Madame, lui dis-je, vous vivez probablement dans des locaux climatisés, comme votre bureau, les grands hôtels. C'est très bien, mais le pays réel n'est pas climatisé. Sortez et vous verrez.

Elle était déplaisante au possible.

La lutte contre le proxénétisme est une chose. Il faut se mesurer à des gangsters qui ont vécu les périodes d'instabilité, de guerre larvée, qui ignorent tout de la loi et des droits. Mais, d'une certaine manière, c'est moins difficile que la lutte contre l'inertie et les incompétences de la bureaucratie. Avant un rendez-vous, il faut veiller à bien s'habiller. Il faut ensuite s'exprimer avec aisance, calme. C'est difficile pour moi, et ça l'est encore plus pour Pierre, qui passe tout de suite aux invectives. De mon côté, je suis une femme de terrain, je sais ce qu'il faut faire et comment le faire, mais j'ignore tout des topos subdivisés en parties, sections et sous-sections. Je déteste le moment où il faut rendre visite aux donateurs. C'est toujours une souffrance pour moi, et je n'arrive pas à violenter ma nature.

Aux débuts de l'association, comme nous n'organisions pas encore d'opérations de sauvetage, les patrons des bordels ne s'intéressaient pas à moi et je pouvais aller et venir sans rencontrer d'obstacle. De surcroît, je prétendais toujours que je venais pour une mission d'ordre médical, ce qui arrangeait les maquereaux, dont l'intérêt était d'avoir un cheptel en bonne santé. Surtout, ils refusaient de dépenser de l'argent en frais médicaux pour les filles.

Je m'habillais comme une Khmère revenue de l'étranger, si bien qu'on croyait que j'étais une responsable en mission. Quand il y avait des filles malades, je les emmenais à l'hôpital, ce qui contentait tout le monde. Un jour, je suis tombée sur une petite fille vietnamienne qui m'a montré son téton à moitié arraché. La veille, elle avait reçu un client japonais. Il l'avait ligotée et violemment battue, ensuite il l'avait violée et lui avait sauvagement mordu le sein. Je lui ai dit qu'il ne fallait pas aller avec des clients aussi brutaux mais elle m'a répliqué qu'il payait mieux et qu'elle pouvait ainsi envoyer davantage d'argent à ses parents.

Une fois, l'Unicef, le Fonds des Nations unies pour l'enfance, m'a envoyé un journaliste que j'ai promené dans les bordels et à qui j'ai exposé la situation. Lorsque l'article est paru, mon nom avait été gommé et tout le mérite en revenait à l'Unicef. Pierre en a été très fâché. Cela se passait juste après le Congrès mondial sur la lutte contre le trafic des êtres humains, qui s'était tenu à Stockholm, où les grandes organisations étaient convenues de financer des efforts visant à réduire ce trafic. On nous a donc promis des subventions. En même temps, en coopérant avec la police, d'un côté, et PADEK Cambodge, une ONG financée par les Hollandais, de l'autre, nous avons lancé la première opération de sauvetage en allant récupérer sur son lieu de servitude une jeune fille nommée Srey, qui était complètement droguée. C'était par ce biais que les proxénètes la tenaient. Comme nous n'avions pas de centre où accueillir les rescapées, je l'ai prise à la maison. Quelques autres jeunes filles sont venues loger chez nous. Au bout d'un moment, Pierre, que cet envahissement exaspérait, a atteint le point d'explosion. Srey, qui avait quatorze ans, passait par des crises de délire, faisait pipi partout et nous rendait la vie infernale. Je suis allée voir Robert Deutsch, un Américain, un des patrons de PADEK, et je lui ai dit que je ne pouvais pas continuer à héberger un nombre croissant de filles chez moi, que mon mari en avait assez et qu'il fallait trouver une autre solution. De plus, quand les filles partaient, elles avaient besoin d'argent et je puisais dans mes économies personnelles puis dans le salaire de Pierre. Robert, qui connaissait mon travail, m'a donné six mille dollars pour ouvrir un centre d'hébergement. J'ai aussi contacté John Anderson, de Save The Children UK, qui a loué une maison pour que nous y installions notre centre. Nous avons commencé à travailler avec un minimum de moyens. Le centre a ouvert le 1er janvier 1997. Ensuite, l'Unicef a pris le relais pour le financement. Dès lors, nous avons recruté des enquêteurs pour étudier le terrain de manière systématique.

8. Thomdi, Sokhone, Ly Hoa...

Quelques mois plus tard, la télévision française, une équipe d'*Envoyé spécial* nous a rendu visite. Le reportage a été diffusé mais, en raison de ce début de notoriété, lorsque par la suite nous avons réalisé un sauvetage, j'ai reçu des menaces de mort. Mon visage était connu et cela modifiait les règles du jeu. Ces menaces ne manquaient pas d'avoir de l'effet sur moi. Après le coucher du soleil, je me mettais à crier et à pleurer ; j'étais submergée par la peur. Pierre me comprenait et il m'a conseillé, pour me mettre un peu au vert, de partir un moment au Laos. J'ai demandé à mes parents de m'accompagner. À cette époque, les Khmers avaient encore de grandes difficultés à sortir du pays, mais je possédais un passeport français.

Les maquereaux ont dû penser que j'étais retournée dans mon village car ils y sont allés. Ils ont arrosé d'essence la maison de ma famille adoptive et ils y ont mis le feu. Le père de ma mère, un vieillard tranquille, a été grièvement brûlé dans l'incendie. Avant de partir au Laos, j'ai adressé une lettre au Premier ministre Hun Sen, lui expliquant la situation, lui disant que ma vie et celle de mes proches étaient menacées, que les trafiquants avaient promis de rôtir mon bébé comme un vulgaire poulet. Hun Sen m'a répondu que le gouvernement soutenait l'action de l'Afesip. Je suis donc revenue au bout de deux mois. Mais j'ai toujours peur pour mes enfants, pas pour moi. Depuis cette époque, les menaces n'ont jamais cessé – par écrit, par téléphone, par des hommes de main... Un jour, par exemple, je suis allée au marché central en « motodub », car je n'avais pas de voiture. Nous avons été accostés par une grosse moto noire, de celles qu'on appelle « motochien », dont le passager m'a mis un pistolet sur la tempe en m'ordonnant d'arrêter mon action. Il m'a fait valoir qu'ils pouvaient me tuer quand ils le voulaient, ou attraper mes enfants, les couper en morceaux et les mettre au saloir. J'ai eu une peur horrible. Nous sommes repartis sur-le-champ au Laos. Mais la fuite n'était pas une solution durable. Il a bien fallu revenir.

Toujours en proie à des angoisses nocturnes, je ne voulais pas d'une maison de plain-pied ; il me fallait un étage pour que je puisse surveiller les environs. À la nuit tombée, je bouclais tout, portes et fenêtres. Et je ne dormais pas pour ne pas relâcher ma surveillance. Je ne sortais plus, j'étais complètement paranoïaque. J'avais peur du noir et, en même temps, je ne voulais pas allumer la lumière. Pierre m'a beaucoup soutenue durant cette période.

Le moment est arrivé où nous avons manqué de ressources pour nourrir les filles. La télévision française nous avait donné un peu d'argent, après l'émission, mais les fonds étaient épuisés. Moi aussi, j'étais épuisée. Pierre m'a envoyée en France en janvier 1998.

Nous avons loué un local à Nice, et je faisais un travail de sensibilisation, de collecte. Pourtant, je me suis rendu compte alors que je ne pouvais pas vivre loin de l'Afesip, de l'atmosphère fiévreuse de travail et de lutte contre les tenanciers, et je suis repartie à Phnom Penh.

A ce moment-là, nous avions recueilli dans la rue une fille de dix-sept ans nommée Thomdi. Elle était très maigre, couverte d'abcès. À l'hôpital, où nous l'avions emmenée, le personnel soignant avait pensé qu'elle avait le sida, qu'elle allait contaminer tout le monde, et l'avait mise à la porte. On ne savait pas soigner ces choses-là, à l'époque.

Thomdi avait bel et bien le sida. Orpheline, elle avait été vendue à l'âge de neuf ans. Ses parents étaient morts dans un naufrage et elle vivait avec sa grande sœur qui, n'ayant pas d'argent, l'avait vendue. Au bordel, elle avait été affreusement battue, elle en portait encore les marques. Elle faisait quinze à vingt passes par jour et avait tout attrapé, la tuberculose, le sida, et quantité de MST. À la fin, les tenanciers l'avaient mise à la porte et lui avaient jeté des pierres pour qu'elle ne revienne pas.

Nous nous sommes occupés d'elle. Comme l'hôpital nous faisait faux bond, nous l'avons gardée à l'Afesip et c'est Pierre et moi qui la soignions. Je la lavais chaque matin, je l'enduisais de Bétadine et, grâce au médecin, nous l'avons guérie de sa tuberculose. Elle a repris un peu de poids. Elle ne voulait pas retourner chez elle et elle a décidé de travailler à l'Afesip, sachant qu'elle mourrait dans peu de temps.

« Je suis Thomdi, une fille qui vit dans l'enfer, qui

a toujours été battue par sa mère, qui a été vendue au bordel par sa sœur, une fille qui n'a pas de chance », me dit-elle un jour. Et elle me demanda de mettre son nom quelque part après sa mort. En guise de plaisanterie, j'ai accepté : « On mettra ton nom sur un centre d'accueil. »

Le grand problème avec les filles, c'était l'hygiène. Celles qu'on voyait arriver étaient sales, couvertes d'infections purulentes. Il fallait d'abord leur apprendre à se laver, à prendre une douche avec du savon. J'avais l'impression d'être devenue un peu française avec cette priorité accordée à l'hygiène. Je devais leur apprendre à ne pas réutiliser les préservatifs plusieurs fois, contrairement à ce que beaucoup faisaient.

Il a fallu que je fasse un bref voyage en Europe. Thomdi m'a suppliée :

– Ne pars pas. Si tu n'es pas là, je vais mourir et je ne veux pas mourir sans toi.

Je lui ai expliqué qu'elle n'allait pas mourir comme ça, que je ne partais que huit jours. Alors elle m'a demandé de lui rapporter un cadeau. Quoi ? N'importe quoi, quelque chose qui vienne de Paris. Pour nous, Cambodgiens, tout ce qui vient de Paris est synonyme de luxe, de rêve !

La veille de mon départ, je suis allée la voir à l'hôpital. Elle ne pouvait plus ouvrir les yeux à cause d'une infection galopante. Elle m'a demandé :

– Tu m'aimes ?

– Oui, je t'aime.

– Je te dégoûte ?

– Non, tu ne me dégoûtes pas.

– Alors, si je ne te dégoûte pas, embrasse-moi.

Et je l'ai embrassée. Tous mes assistants me criaient de ne pas le faire, mais je l'ai embrassée. Elle a pleuré dans mes bras. Dans ces cas-là on n'a pas le choix. Je ne l'ai jamais regretté.

Au cours de ma semaine en France, j'ai fait des emplettes et acheté un cadeau pour Thomdi. Puis nous avons reçu un coup de fil : elle venait de mourir. Cette nouvelle m'a foudroyée. Je n'arrivais pas à le croire. Cette alliance, cette proximité entre elle et moi était quelque chose qui nous portait, qui nous faisait avancer. Je ne pouvais pas accepter cette perte. Elle voulait rester avec moi. Au Cambodge, la croyance veut que si un mort désire rester avec vous, il entre en vous et vous tombez enceinte. C'est ainsi qu'il maintient sa présence. Mais moi, je ne voulais pas tomber enceinte, ou en tout cas pas de cette façon-là ! Alors j'ai pris deux pilules par jour.

Nous avons un centre dénommé Thomdi, du nom de la première fille décédée chez nous qui voulait participer pleinement aux activités et aux buts de l'Afesip. Nous ne l'oublierons jamais.

Nous n'oublierons pas non plus une autre fille morte à quinze ans, Sokhone. Elle voulait écrire avec moi ce livre de souvenirs des combats de l'Afesip.

En 1997, nous étions une dizaine à travailler à l'Afesip. Grâce aux subventions de l'Unicef, de SKN, et à divers financements, nous avons commencé à mener des opérations de sauvetage. On accueillait de toutes jeunes filles. Mais vivre là était une dure épreuve pour moi. En écoutant les récits des filles, comme celui de la petite Sokhone, vendue à huit ans, qui avait été ligotée et torturée par des militaires venus au bordel sans argent, avec un piment dans l'anus – à dix ans, quand nous l'avions récupérée, elle avait déjà le sida et la tuberculose –, je me sentais replonger dans le cauchemar. Sokhone demandait s'il y avait un Dieu, et pourquoi il permettait qu'on fasse du mal à une aussi petite fille, née dans une famille très pauvre. Grâce à l'Afesip, elle a pu aller à l'école. Elle était absolument ravie de pouvoir porter le chemisier blanc et la jupe bleu marine des écolières. Mais elle savait que c'était temporaire et qu'elle allait mourir. Elle l'a dit devant la caméra de l'émission *Des racines et des ailes* : « Pourquoi moi ? Pourquoi, maintenant que je suis heureuse pour la première fois, est-ce que je dois mourir ? » Elle voulait témoigner, faire savoir. Sa mère était morte du sida, son père était mort du sida, sa sœur – celle qui l'avait vendue – était morte du sida. Il lui restait un petit frère, qu'elle nous a confié.

Des garçons vendus, certes, il y en a, mais très peu. Les associations qui s'occupent des enfants des rues les prennent en charge. Nous ne pouvons pas mélanger garçons et filles dans nos asiles. Ce garçonnet-là, nous l'avons confié à une pagode où les bonzes se chargent de l'enseignement scolaire. Sokhone est morte peu après. Elle m'a demandé de dormir avec elle un soir et j'ai accepté. Au beau milieu de la nuit, je me suis réveillée : elle venait de m'entailler le bras avec une lame afin de mélanger nos sangs... Pourquoi a-t-elle fait ce geste qui avait toutes les chances de me transmettre le virus ? Peut-être parce qu'elle ne pouvait pas faire de mal à ceux qui l'avaient détruite. Alors, elle me faisait du mal à moi, afin de n'être plus seule dans son malheur... Qui sait ? J'ai eu assez peur, je dois le dire. Notre activité comporte des risques avec les proxénètes, d'un côté, les filles tourmentées, de l'autre. Je ne cherche qu'une chose, c'est que les derniers moments de ces filles soient heureux, qu'elles quittent la vie avec au moins un peu de contentement. Je ne peux pas les rejeter, je n'ai pas le choix.

Il y a aussi le cas d'une jeune Vietnamienne, Ly Hoa. Elle avait été vendue ici, au Cambodge. Puis elle a eu l'occasion de retourner brièvement au Vietnam dans sa famille. Ses sœurs se sont alors aperçues qu'elle avait le sida et elles l'ont aussitôt flanquée dehors. Ly Hoa s'est retrouvée prise en charge par les autorités, qui l'ont enfermée dans un camp de rééducation, quelque part sur une île, je ne sais où. Elle a réussi à s'enfuir et à revenir au Cambodge. Quand elle est arrivée chez nous, elle était en phase terminale. Nous l'avons soignée autant que possible. Avant sa mort, elle m'a écrit une très longue lettre, en vietnamien. Elle y racontait sa vie par le menu en dressant la liste de tous les malheurs qui s'étaient abattus sur elle. Elle concluait en disant que maintenant elle avait trouvé la paix, mais qu'il fallait mourir. « Mon corps va mourir, mais mon esprit sera toujours avec toi, comme un oiseau sur ton épaule, pour t'aider dans ta tâche, pour tuer les méchants qui t'entourent. Quand tu auras des problèmes, parle avec moi, je serai sur ton épaule. »

Nous n'avons pas les moyens de traiter les filles qui ont le sida, mais nous pouvons les faire admettre à l'hôpital où il existe un service spécialisé géré par Médecins Sans Frontières. Là, elles peuvent recevoir une trithérapie. Cependant, souvent, il est trop tard. Elles ne survivent pas plus d'un an ou deux. Le traitement par trithérapie est très compliqué : il faut s'assurer que les filles prennent régulièrement leurs médicaments, être très strict sur l'hygiène, la nourriture, etc. Elles souffrent fréquemment d'une tuberculose associée.

Nous avons connu des moments pénibles parce que les financements n'arrivaient pas, que le gouvernement décidait, pour des raisons qui lui étaient propres, de lancer des raids dans les bordels, et nous nous retrouvions sans prévenir avec des centaines de filles à charge. Pierre dépensait alors tout son argent pour maintenir les soins, nourrir les filles. Il y a eu des années où la totalité de son salaire y passait, il ne s'en vante jamais. Nous n'avons pu stabiliser la situation qu'en 2003, avec l'intervention décisive d'Anesvad, une fondation espagnole.

9. Nouvelle naissance en Espagne

Je suis allée en Espagne avec Christophe, qui s'occupait de l'Afesip en France, rendre visite aux gens de l'Anesvad. Quand je suis arrivée, le président m'a fait le baisemain. J'ai réalisé que j'étais sur une autre planète, à des années-lumière du chaos cambodgien. Ces personnes ont été d'une gentillesse et d'une amabilité si parfaites que le contraste de leur attitude avec celle d'autres grandes organisations m'a bouleversée. Je leur ai expliqué qu'il fallait nous aider à maintenir dans sa totalité la filière permettant aux filles de s'en sortir, et non pas telle ou telle activité isolément qui plaise particulièrement à tel ou tel donateur. Nous avions besoin de continuité et de stabilité. Andres et Pedro, les représentants de l'Anesvad ont décidé presque immédiatement de nous aider. Quand je retourne là-bas, je suis toujours bien reçue. Cette équipe formidable me touche beaucoup, parce que l'émotion est toujours au rendez-vous. Ils sont efficaces et conciliants.

En 1998, j'ai reçu le prix du prince des Asturies. Un jour, le bureau du prince a téléphoné à Pierre, qui se trouvait en France tandis que j'étais restée au Cambodge, pour l'informer de cette récompense. Pierre ignorait de quoi il retournait. Heureusement, son frère Thierry, qui a longtemps vécu en Amérique latine et qui parle couramment espagnol, a pu lui expliquer qu'il s'agissait d'une reconnaissance internationale et d'un grand encouragement pour nos actions futures. À la suite de quoi les journalistes ont commencé à se manifester.

Pour recevoir ce prix, nous nous sommes présentés en Espagne vêtus comme d'habitude, ce qui signifie que nous avions plutôt l'air de réfugiés. Dans l'avion, que nous avons pris à Bangkok, nous avons été traités comme des rois, en première classe. Pierre s'enthousiasmait pour tout. Notre fille nous accompagnait. Arrivés à Oviedo, dans les Asturies, nous avons été accueillis dans un salon de réception en présence de caméras de télévision, de photographes, et il a fallu signer un livre d'or. Je ne savais même pas ce que c'était ! Je devais y animer une table ronde. Mais pour parler de quoi ? Je n'avais jamais parlé en public, et j'ai toujours redouté de me trouver devant des intellectuels, ou une foule bien habillée. Alors, j'ai plongé. Je me suis mise à évoquer la situation des femmes, surtout au Cambodge, de ma vie, de celle des filles enfermées dans les bordels. Le dicton affirme que la prostitution est le plus vieux métier du monde, qu'il est fondé sur un échange : le plaisir contre de l'argent. Je voulais m'inscrire en faux contre ce tragique travestissement de la réalité, qui cache la détresse des jeunes filles sur qui l'on exerce de telles violences. J'ai raconté mon histoire. Cela a duré peut-être une heure, à mon grand étonnement. Je ne savais pas que j'étais capable de parler aussi longtemps.

Tonnerre d'applaudissements. Les lumières de la salle se sont lentement rallumées. Il y avait foule ; j'en ai vu qui pleuraient. Je me sentais bien, mais complètement épuisée. La télévision voulait m'interviewer et Graça Machel, l'épouse de Nelson Mandela, est intervenue pour dire à la journaliste que j'étais fatiguée, qu'il fallait revenir plus tard. Graça Machel et plusieurs femmes allaient recevoir, avec moi, le prix du prince des Asturies – lequel est, on peut le rappeler, le fils aîné du roi d'Espagne et son successeur désigné.

La chaleur et la générosité de cet accueil espagnol m'ont fait sentir que, pour la première fois, mon action, *notre* action recevait un véritable soutien que nous n'avions pas eu besoin de mendier. Jusque-là, lorsque nous allions solliciter les autorités françaises ou européennes, nous étions reçus comme des gêneurs ; ces gens-là nous regardaient de haut, nous considéraient avec morgue et froideur. À l'exception d'une personne, Emma Bonino, alors chargée des actions humanitaires à la Commission de Bruxelles. Elle nous a soutenus sans réserve, et cela jusqu'à aujourd'hui, même après avoir quitté Bruxelles. Je raconterai plus loin notre première rencontre.

Les gens dans la salle criaient : « Somaly ! Somaly ! » Je me demandais comment il était possible qu'on m'accepte, après avoir écouté mon histoire, alors que moi-même je me sens salie, dégradée, sans rédemption possible. Il y avait là, dans cet auditoire, un sens moral que je n'avais jamais rencontré. Par la suite, j'ai beaucoup réfléchi à ce moment privilégié. J'ai commencé à comprendre que tout n'était pas pareil partout, qu'il existait dans ce vaste monde des zones de résistance au mal, à la perversion, et que je n'étais pas seule dans ce combat qui est le mien. Je rencontrais des gens qui pensaient d'une façon radicalement différente de tout ce que j'avais connu jusque-là.

Nous sommes rentrés à l'hôtel avec Graça Machel, Rigoberta Menchu, Emma Bonino, qui s'occupait beaucoup de moi. Et la nuit s'est passée... Ma fille, Titi, comme d'habitude, a dormi deux heures. Le reste du temps, elle a crié. Je l'ai bercée toute la nuit.

Il fallait se préparer pour la cérémonie de remise des prix qui devait se tenir le lendemain. Je me suis habillée à la cambodgienne. Nous étions sept femmes à recevoir le prix, et il était convenu que nous porterions les vêtements traditionnels de nos pays respectifs. Une foule s'était assemblée dans la rue pour regarder passer le cortège de voitures. Les Asturiennes portaient, elles aussi, leur joli costume traditionnel. Pour moi, c'était un peu le monde à l'envers. Dans mon univers, je ne suis rien, juste une femme qui agit sur le terrain en faveur de jeunes filles paumées, contraintes, malheureuses. Ici, j'étais reçue comme une reine de contes et légendes ; c'était l'histoire de Cendrillon, sauf que je n'allais pas épouser le prince charmant, étant donné que j'étais déjà mariée avec un manant qui parlait haut et fort.

Nous sommes arrivés dans une salle gigantesque et somptueuse, comme je n'en avais jamais vu. Il y avait des étages où l'assistance était assise. Nous nous sommes avancées, toutes les sept, en nous tenant par la main, sous un tonnerre d'applaudissements. Pour moi, c'était une nouvelle naissance. Depuis lors, beaucoup de gens me connaissent en Espagne, je suis toujours très bien accueillie par la presse espagnole. À certains moments je croyais rêver, en signant des autographes et en dédicaçant les photos, comme si j'étais une star.

Pierre m'a dit qu'il fallait aller saluer le prince. Moi, je ne voulais pas. Je pensais que, devant un prince, il fallait s'agenouiller ou se prosterner pour signifier que l'on n'est que poussière sous les pas du roi. Et moi, qui avais passé ma prime enfance sous les communistes, j'ignorais tout du protocole car on ne s'agenouillait pas, on ne se prosternait pas alors, du moins jusqu'au retour de Sihanouk, en 1991, date à laquelle les vieilles habitudes sont revenues avec lui.

Le prince s'est arrêté devant moi et m'a dit : « Bonjour, Somaly. » Il m'a parlé tout à fait naturellement. Je comprenais ses paroles, il s'exprimait en français. Chez nous, il existe une langue spéciale pour s'adresser au roi, une langue archaïque que personne ne parle plus en dehors du palais royal. En Espagne, le protocole est beaucoup moins contraignant.

Au Cambodge, les princes ont une réputation de séducteurs infatigables, ils ont des centaines de maîtresses et sèment des enfants partout. Mais le prince Felipe a un regard empreint de simplicité et d'une grande gentillesse. Je ne m'étais pas prosternée. J'ai vu que les autres non plus ne se prosternaient pas.

La reine s'est avancée. Elle comprend le français mais parle anglais. Elle est très humaine, s'intéresse beaucoup aux questions humanitaires. Elle est à l'écoute, surtout des problèmes des femmes. Emma Bonino faisait office de traductrice. Les anciennes victimes, comme moi, sont très sensibles au regard des autres. Elles ressentent instantanément l'ombre d'une antipathie ou la générosité et la compassion d'autrui.

J'ai compris ainsi que tous les royaumes ne se ressemblent pas. Que l'Espagne n'est pas le Cambodge ou la Thaïlande, où l'on doit se prosterner en présence des membres de la famille royale. Pour moi, tous les êtres humains se valent. Le mot qui résume tout, à mon avis, est « respect ». On doit respecter les autres, quelles que soient les circonstances.

Alors j'ai demandé à Pierre pourquoi la reine d'Espagne se conduisait avec autant de simplicité, comment il se faisait qu'elle respectait ses interlocuteurs, qu'elle leur souriait « normalement ». Pour moi, c'était une véritable révélation. Je trouvais là des raisons d'espérer grandement. Si le monde est ainsi ici, pourquoi ne serait-il pas semblable, un jour, dans mon pays ?

La reine a pris Titi dans ses bras. Sa gentillesse, son regard plein de bonté et d'amour pour les autres m'ont impressionnée.

Le soir s'est déroulé un grand banquet en présence de la reine et du prince. Le plus étonnant était la taille des poissons qu'on nous a servis ; ils devaient faire un mètre de long, plus le caviar, le foie gras – une folie ! Pierre prenait du poids à vue d'œil. Moi, j'étais dans un tel état de ravissement que je ne pouvais ni manger ni boire. Beaucoup de gens sont venus me parler en français, y compris des journalistes. Je comprenais même ceux qui s'adressaient à moi en espagnol ! Tout cela m'a donné de la force, beaucoup de force. Auparavant, il n'était pas rare qu'on m'insulte : « Les putes doivent rester avec les putes. Tu cherches encore de l'argent pour les putes ! » Je faisais partie de ceux qui sont marqués, avant même leur naissance, par le malheur. Et quoi qu'ils fassent, les autres les rejettent pour se protéger de ce malheur insidieux. C'est comme une flétrissure, au nom de laquelle on vous chasse de partout avec de bonnes raisons de le faire. Après cette expérience en Espagne, j'ai compris qu'il était possible de s'en sortir, que la marque du malheur pouvait s'enlever, que rien n'était rédhibitoire, que nous n'étions pas condamnées sans appel.

Pour l'occasion, je m'étais acheté des chaussures à talons. C'était la première fois de ma vie que j'en portais. Des chaussures pas trop chères, que j'avais payées dans les cinquante francs, ce qui, pour moi, était déjà beaucoup. Quand je les ai mises, j'ai eu des douleurs terribles, j'ai saigné des pieds. Au milieu de la soirée, j'ai d'abord demandé à Nelly, une bénévole de l'association française qui nous avait accompagnés, de me prêter ses propres chaussures. Mais ce n'était pas la solution. J'ai les pieds un peu plats, je suis habituée à marcher pieds nus ou en sandales. Je les ai finalement enlevées. Quel soulagement ! Et j'ai passé mon temps à embrasser un monde fou, une multitude de gens riches, haut placés, qui m'adressaient des félicitations et des marques d'affection que je recevais béatement, les pieds enfin nus...

Cette nuit-là, je n'ai pas pu fermer l'œil. Peu à peu me pénétrait l'idée que je n'étais pas seule, que des gens appréciaient mon travail. Ce n'était pas moi qui recevais un prix et ces signes de reconnaissance, c'était mon travail. Des êtres qui habitaient ce qui me semblait être le paradis paraissaient capables de comprendre les problèmes d'autres gens vivant dans la misère... Alors que ceux qui vivent dans la misère, eux, ne comprennent rien à rien. Jusqu'alors, tout ce que j'avais fait était spontané, instinctif, décidé en réaction à ce qui se passait sur le terrain. Ce prix et la réflexion qu'il a provoquée en moi ont conduit, je crois, à une sorte de maturité de mon combat. Je me suis mise depuis à planifier mes interventions et à me projeter dans un avenir prévisible. Jusque-là c'était seulement le cœur qui parlait et ce que je faisais était toujours un peu désordonné, dans l'urgence du moment. Pierre était là, derrière moi, à tenter de remettre un peu d'ordre dans mon désordre. Mais ce que j'ai compris alors, c'est la nécessité de s'organiser, de traduire l'élan du cœur en action concertée. Cette mutation n'est pas si facile, mais il est certain que le prix du prince des Asturies a vivement contribué à ce que je l'accepte et que je la désire.

Le lendemain, encore des photos, encore des signatures. Nous sommes allés faire un tour de la ville. Oviedo est une ville ravissante. Ensuite, retour au Cambodge. Plongée dans le sordide. Personne, évidemment, n'accordait la moindre importance à un prix espagnol ! Mais ensuite ont débarqué des journalistes espagnols, la télévision aussi. Il faut dire que les médias ont joué un rôle dans la croissance de l'Afesip.

Somaly, entourée des pensionnaires de Thomdi, le centre d'accueil de l'Afesip, près de Phnom Penh.

Le centre d'accueil de Thomdi.

© Thierry Falise.

Le déjeuner et la sieste des pensionnaires du centre de Kompong Cham.

© Thierry Falise.

© Thierry Falise.

La formation professionnelle (coiffure, couture) dispensée aux anciennes prostituées par l'Afesip.

© Thierry Falise.

© Thierry Falise.

La formation en restauration.

© Thierry Falise.

Formation au tissage au centre de Kompong Cham.

© D.R.

Afesip fair Fashion

© D.R.

Quelques modèles créés par l'équipe de l'Afesip dans le cadre du commerce équitable.

© D.R.

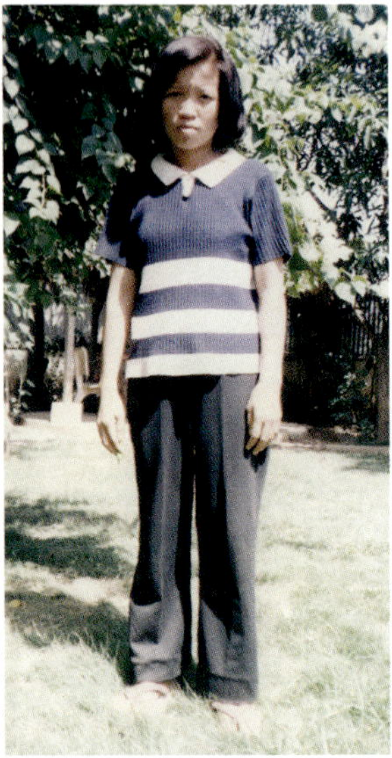

Ly Hoa (ci-dessus), jeune Vietnamienne vendue au Cambodge, morte du sida.

En hommage à Thomdi (ci-dessus), vendue à l'âge de 9 ans, contaminée par le sida et diverses MST, décédée, dont le centre de Phnom Penh porte le nom.

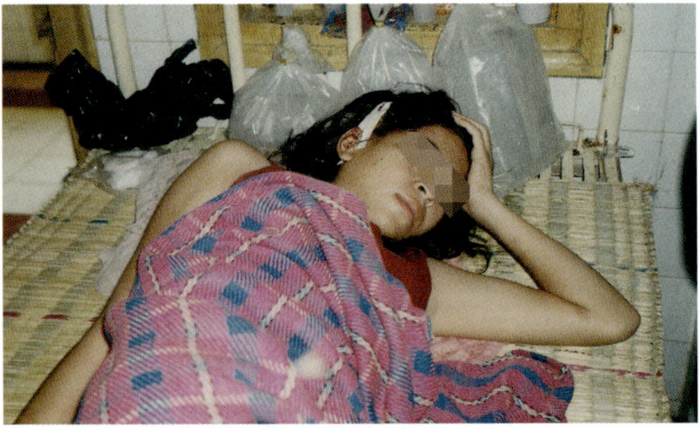

Moav, 12 ans, prostituée de force, a essayé de s'échapper du bordel. Rattrapée, on lui a planté un clou dans la tête pour la punir.

© D.R.

Cours d'éducation sexuelle dispensé aux militaires et aux policiers.

© Thierry Falise.

Une équipe de l'Afesip donne une séance de sensibilisation à l'utilisation du préservatif et aux maladies sexuellement transmissibles à des prostituées d'un bordel de Phnom Penh.

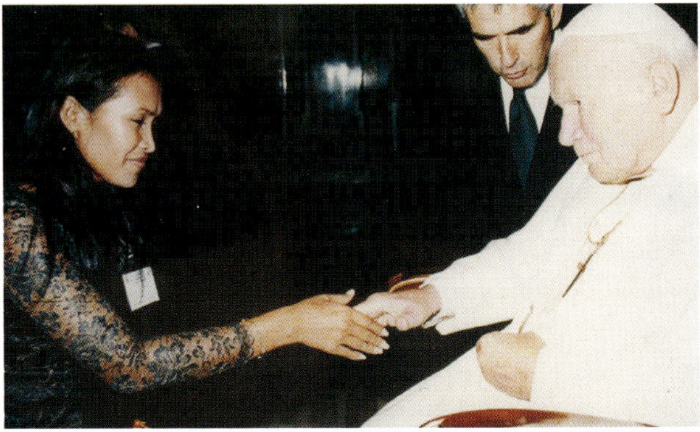

Somaly Mam lors de sa visite au pape Jean-Paul II.

Somaly Mam, avec Fatana Ishaq Gailani accompagnée de sa fille, lors de sa visite au Premier ministre espagnol José Luis Rodriguez Zapatero.

J'ignore comment cela s'est produit, mais je constate que moi, une fille sans éducation, je m'entends bien avec les médias. Je crois que le plus simple est de toujours dire la vérité, de montrer aux journalistes ce que nous faisons, sans apprêt et sans façons ; le reste vient tout seul.

10. Rue de l'innocence perdue

Le retour au Cambodge fut aussi un retour dans notre enfer familier. Quand des fonds nous sont promis, il faut tenir compte des délais de mise en place, de transfert, ce qui nécessite pour le moins six mois, plus souvent un an, entre le moment où la promesse nous est faite et l'arrivée effective de l'argent. Nous, pendant cet intervalle, devons nous débrouiller sans ! Mais, dans notre action concrète, nous ne pouvons pas nous permettre d'attendre six mois ou un an. Il y a des urgences, des priorités, des cas où nous nous sentons obligés d'intervenir pour sauver des enfants ou des adolescentes. Or, en 1998, nous n'avions plus d'argent du tout.

Pendant l'été précédent, à peine avions-nous ouvert le centre qu'une équipe d'*Envoyé spécial* est venue nous trouver. Au Cambodge, elle a tourné un sujet sur la Chaîne du Cœur, une opération visant à ouvrir une unité de cardiologie, puis sur Sihanouk et Angkor Vat. Elle voulait aussi traiter l'exploitation des femmes et des enfants. J'avais accepté de rencontrer Claude Sempère. Nous avons eu un rendez-vous avec lui et son équipe. J'y suis allée accompagnée de Pierre et d'Eric, en tant que fondateurs de l'Afesip. Nous avons exposé notre action. Claude Sempère a commencé par nous expliquer ce que nous devions faire pour qu'il filme telle ou telle chose. J'ai refusé tout net. Il a maintenu qu'il était le patron de son équipe, et libre de son travail. J'ai objecté que, certes, il était le patron chez lui, mais pas chez moi. Pierre me faisait du pied sous la table. « Somaly, ne fais pas de c... », grommelait-il entre ses dents. Je n'y faisais pas attention. J'ai déclaré à Sempère :

– Vous filmerez ce que je vous dirai de filmer. Vous êtes sur *mon* terrain, et c'est moi qui décide. Je n'aime pas recevoir des ordres.

Je voulais qu'ils prennent du temps, avant de filmer, qu'ils voient et qu'ils comprennent ce que nous faisions. Finalement, Claude Sempère est tombé d'accord sur tout et m'a dit :

– Bon, alors demain on commence à 8 heures.

– Comment ça, à 8 heures ? Ici, on est au Cambodge. On commence à 6 heures du matin.

J'ai vu le visage de Sempère s'allonger, puis dans un soupir :

– Bon, d'accord. Demain, 6 heures.

Le lendemain matin, il pleuvait à torrent, la mousson n'était pas finie. Il fallait presque un bateau pour atteindre le centre. L'équipe est arrivée, la gueule de travers, l'œil glauque, les cheveux en bataille. Contrairement aux Cambodgiens, les Français ne sont pas frais le matin, surtout avant leur café et leur première cigarette. Je riais dans mon coin. Les filles commentaient sous cape : « Ils ont de drôles de tronches, ces gens-là. » Claude, comme toujours, était en T-shirt noir ; il ressemble à Mickey. Ils se sont mis à interviewer des jeunes hébergées dans le centre. Très vite, ils ont été pris par l'émotion, ils étaient au bord des larmes lorsque telle fillette leur racontait comment, à l'âge de huit ans, elle avait été violée, massacrée, vendue. Je voyais bien qu'ils ignoraient presque tout du monde où ils venaient de débarquer. Ils nous l'ont avoué après : ils ont trouvé ça très difficile. Je n'avais jamais vu des hommes remués de cette façon-là par les récits des filles, et j'en ai conçu une vive estime pour eux. Pour moi, tous les hommes étaient des violeurs, mais je commençais à comprendre que ce n'était peut-être pas vrai, que tous les hommes n'étaient pas pareils, qu'il y avait, en somme, des exceptions.

L'équipe est restée longtemps avec nous, deux ou trois semaines. Le midi, ils mangeaient avec nous. Je trouvais ça bien. C'était aussi un moyen de partager, de mieux se comprendre. Les filles, de leur côté, les appréciaient et elles étaient contentes de trouver des êtres avec qui partager leur expérience atroce. Elles ne s'y attendaient pas !

A ce moment-là, nous avons rencontré madame Ly, une Vietnamienne qui cherchait sa fille partout au moyen d'une petite photo. Elle avait voulu aller porter plainte à la police mais, comme elle était citoyenne du Vietnam, elle n'arrivait à rien. Personne ne l'écoutait. Lorsqu'elle est venue à l'association, nous avons accepté de rechercher sa fille, qui travaillait à Phnom Penh comme serveuse. Puis le doute s'était installé en nous. À son arrivée, cette femme était allée à Svay Pak, au kilomètre 11, là où se trouvent les bordels populaires qui regorgent de jeunes Vietnamiennes. Elle se promenait, sa photo à la main, et un jeune garçon lui a indiqué un bordel, où elle s'est rendue. La mère maquerelle l'a jetée dehors :

– Votre fille nous appartient, nous l'avons achetée, maintenant elle est notre esclave et vous avez intérêt à vous en aller et à ne jamais revenir. Autrement, il vous en cuira.

On lui avait dit que la petite Loan était droguée.

L'équipe de Claude Sempère était encore là. Je leur ai expliqué qu'il était très difficile d'entrer à Svay Pak. Mais nous avons vérifié les informations et contacté la police pour savoir ce qu'il était possible de faire. Nous avions remis le dossier à la police un samedi. C'était une erreur, parce que les forces de l'ordre refusent d'agir le samedi. De plus, avec la corruption qui règne dans ces milieux, il était bien possible qu'ils transmettent l'information au bordel lui-même. Nous sommes revenus le lundi, mais nous nous sommes heurtés à beaucoup de réticences pour obtenir un ordre signé. On nous objectait qu'il était dangereux d'entrer dans les bordels. Finalement, l'équipe de télé a obtenu le feu vert. Nous sommes partis à Svay Park avec madame Ly et l'équipe de télé. Il n'y avait plus personne : les maquereaux, prévenus, avaient revendu toutes leurs filles la veille. J'étais furieuse contre les policiers. Je les ai menacés de faire une conférence de presse. Alors, ils ont fait avouer à un maquereau à quel endroit il avait vendu la petite Loan. Quand nous y sommes arrivés, la maison était fermée, elle aussi prévenue *in extremis*. Comment travailler avec la police dans de telles conditions ? Elle protège les bordels, touche de l'argent des souteneurs, et parfois les souteneurs sont eux-mêmes officiers de police ! Nous avons refusé de partir de là, au grand dam de la police et de la mère maquerelle qui criait qu'elle en avait marre. Nous avons fait en quelque sorte le siège du bordel. Les portes étaient fermées à clé, et la police ne se croyait pas en mesure de forcer la porte.

Les choses s'éternisaient quand, finalement, les filles sont sorties par une porte de derrière. Loan, quatorze ans, violée, droguée, pleurait à chaudes larmes, sa mère aussi. Nous avons fait une déposition au poste de police. La petite a été la première Vietnamienne accueillie dans le centre. Les autres filles lui ont fait la fête. Nous leur avons donné un peu d'argent, et la mère est repartie avec sa fille. Tout cela discrètement, sans papiers.

Nous n'avions pas encore assez d'expérience en la matière. Nous avions piloté quelques interventions de la police dans les bordels, mais ça s'était toujours mal passé. Nous avions encore beaucoup à apprendre sur le fonctionnement interne de la police, le petit monde des bordels et les relations étroites qui existent inévitablement entre les deux. Toute l'opération avait été filmée par l'équipe de la télévision française. Ça a aussi été le début des menaces, parce que le proxénète qui avait été arrêté a trouvé moyen de sortir de prison rapidement. C'est à cette période qu'on m'a mis le pistolet sur la tempe au marché et qu'on a brûlé la maison de mes parents adoptifs à Kompong Cham. Ce n'étaient donc pas des paroles en l'air.

Comme les menaces se sont faites plus pressantes, je suis partie me mettre au vert en France lorsque le film est passé à la télévision. J'ai reçu des coups de fil de partout. En attendant, nous n'avions toujours pas un sou. Aussi, Claude Sempère m'a emmenée voir Emma Bonino qui, à l'époque, – quelques mois avant que je la retrouve au prix du prince des Asturies –, était commissaire européenne chargée des questions humanitaires et du programme d'urgence appelé ECHO (European Community Humanitarian Office). Elle se trouvait à Paris. J'étais impressionnée par la perspective de rencontrer un des « grands manitous » de l'Europe.

Quand nous sommes arrivés, elle criait au téléphone. J'étais effrayée et je me demandais comment j'allais me sortir de ce pétrin. Emma est une toute petite femme mais elle dégage une impression de grande force. Claude m'a dit :

– T'inquiète. Elle est comme ça. Elle gueule mais elle a bon cœur.

Emma Bonino connaissait déjà assez bien notre dossier. En quelques minutes, grâce à quelques coups de téléphone sonores en italien, elle a débroussaillé la question. Elle m'a passé la main dans le dos :

– Alors, ma fille, ça va ?

J'étais stupéfaite par l'énergie qui émanait de cette petite personne souriante. Elle engueulait on ne savait qui au téléphone, mais avec moi elle était d'une profonde gentillesse. Elle fumait comme un sapeur.

Pourtant, le parcours du combattant n'était pas terminé. Il fallait aller à Bruxelles discuter avec les fonctionnaires de la Commission européenne. C'était la première fois que j'y mettais les pieds. Nous sommes partis, Pierre et moi, ainsi qu'Henri. Comme toujours, nous avions l'air de réfugiés en haillons, à traîner nos valises sous la pluie. J'avais froid parce que je n'avais pas de pull-over. J'ai mis longtemps à apprendre comment me protéger du froid européen. Je portais deux paires de chaussettes superposées dans des chaussures bon marché. Comme chaque fois, mes pieds saignaient...

Arrivés à la Commission, nous avons vu Santiago Valero, qui travaillait au programme ECHO mais était en charge de l'Amérique latine. La secrétaire, une grande Allemande, nous regardait d'un air pincé en dissimulant mal le dédain que nos dégaines lui inspiraient : moi, avec mes chaussures tordues, Pierre avec sa gueule de travers, Henri avec son pantalon de cuir et ses fanfreluches, nos bagages éculés dans un coin, puisque nous descendions tout juste du train. On aurait dit les Marx Brothers. M. Valero, un grand homme aux tempes argentées, nous a accueillis avec bienveillance et nous a prévenus qu'avant de voir Emma il faudrait nous rendre au département des droits de l'homme pour rencontrer une Française. Quand j'ai passé la tête par la porte, celle-ci m'a regardée méchamment :

– Qu'est-ce que vous voulez ? Allez prendre un rendez-vous !

Mon cœur s'est arrêté de battre un instant. Certains Français, qui sont en fonction à l'étranger, sont d'une arrogance insupportable. Quand, dans les mêmes services, je m'adresse à des Espagnols ou à des Italiens, ils sont spontanément charmants et ouverts. Je l'ai vérifié, même du temps où je n'avais pas encore reçu le prix du prince des Asturies. Si bien que j'ai refusé d'aller voir la femme en question. Finalement, pendant deux ans, nous avons reçu des fonds d'ECHO pour un programme de « changement des comportements sexuels » en 1999 et 2000. Mais nous n'en avons plus depuis lors, et le programme est arrêté.

Ce programme m'a octroyé mon premier salaire véritable. Plus de deux mille dollars par mois. J'en ai aussitôt profité pour faire une tournée en province et rencontrer les familles des filles qui étaient hébergées chez nous. C'était la saison sèche, et nombre d'entre elles n'avaient plus de riz. Alors, avec l'argent de nos salaires, j'ai acheté du riz que j'ai distribué, afin que ces familles ne souhaitent pas, malgré elles, le retour de leurs filles dans les maisons closes.

A la fin du mois, Pierre m'a demandé où était passé l'argent des salaires. Je ne voulais pas le lui dire, mais il l'a appris. Il m'a dit :

– Rappelle-toi, il y a deux ans, quand nous n'avions pas d'argent et Titi qui était malade...

Nous étions en France, alors, sans un sou. Titi avait des sortes d'abcès dans la bouche. Elle ne pouvait ni manger ni même boire. Nous n'avions pas un centime pour aller voir un médecin. Au bout de quelques jours, Pierre a dégoté un médecin des pauvres ; il nous a indiqué un traitement, qui s'est révélé inefficace. J'étais désespérée, je disais à Titi : « Ne meurs pas, je resterai toujours avec toi. Si tu meurs, je meurs aussi. » J'avais préparé un couteau dans la cuisine, j'étais bien décidée à suivre ma fille dans la mort. Je ne pouvais pas concevoir de vivre sans elle. Et puis, une de nos amies, Nathalie Sohier, est passée à Nice. Elle voulait prendre quelques jours de vacances en Corse. Elle était médecin et avait été la patronne de Pierre à MSF pendant un temps. Elle a osculté Titi, elle a acheté un traitement avec ses propres deniers et elle est restée quelques jours, pris sur ses vacances, pour soigner notre fille, qui s'est mise à revivre. Pour moi, Nathalie est comme une déesse qui m'a protégée des maux envoyés par le destin.

Pierre fumait beaucoup, plusieurs paquets de cigarettes par jour. Je lui avais demandé d'arrêter à plusieurs reprises, mais il m'avait envoyée promener. Puis, sa mère a eu un petit infarctus. Je ne voulais pas perdre mon mari pour ces cochonneries de cigarettes, mais il était têtu comme une mule. Aussi, j'ai pris les choses en main, à l'asiatique : je lui ai dit que, le jour où j'aurais un salaire plus élevé que le sien, il faudrait qu'il s'arrête de fumer. La chose lui paraissait tellement inconcevable – comment moi, pauvre noiraude inculte, pourrais-je toucher un salaire plus élevé que le sien ? – qu'il a accepté. Lorsque l'argent d'ECHO est arrivé et que j'ai pu toucher le salaire prévu, il a bien été obligé de tenir son engagement. Sa mère lui conseillait de recourir à des patchs. Je lui disais : « Tu n'as pas eu besoin de patch pour te mettre à fumer. Si tu es fort, tu dois t'arrêter, sans ces gadgets ridicules. Tout est dans la tête. »

Quand il a arrêté, il était furibond tout le temps. Il avait la tête dans le Frigidaire. Il mangeait du Nutella comme un goinfre. En peu de temps il a pris une dizaine de kilos. Il s'en désolait, mais je trouvais qu'il était plus beau comme ça !

11. Les enfants du Cambodge

Quand j'étais jeune, j'ai vu des femmes d'importance citées dans le journal, par exemple, Mme Meng Sam On, qui fut l'une des premières à accéder au pouvoir comme ministre dans ce régime. Je trouvais cela fascinant, je voulais la rencontrer. Je me disais qu'un jour je serais comme elle ! J'y pensais souvent en entendant ces femmes, le soir, parler à la radio : ma vie était moche, j'avais été battue et méprisée mais je voyais qu'il existait une voie pour s'en sortir. Je me suis accrochée à cette idée pendant tout ce temps. Je rêvais aussi de tuer tous ces Chinois pour leur montrer ce dont une noiraude était capable. C'est certainement à cause des espoirs fous datant de mon enfance que je trouve le courage de réaliser des choses constructives aujourd'hui. Ces meurtres étaient de purs fantasmes, mais ils me donnaient une force réelle, celle de tenir bon.

Il y a quelque temps, j'ai réalisé mon rêve : j'ai invité Mme Meng Sam On à visiter l'Afesip. Je lui ai confié que, petite, je voulais lui ressembler. J'ai discuté avec elle et finalement nous sommes devenues bonnes amies. Je peux lui téléphoner en cas de besoin. Grâce à l'association, je peux faire désormais ce que j'ai toujours désiré : avoir une maison assez grande pour accueillir les filles et m'occuper des enfants. Je le ressens lorsque je me rends en Europe : les gens apprécient ce que nous faisons, ce que nous sommes. Cela se voit. Même si je ne parle pas leur langue, je lis dans leurs yeux et je comprends ce qu'ils veulent dire.

Ces gens me donnent de la force, mais j'ai aussi des coups de faiblesse. Ce qui domine dans mes souvenirs d'enfance, c'est toujours l'enfer. Alors que je n'ai qu'un vague souvenir des bonnes choses, je me rappelle avec précision les tortures et les mauvais traitements. J'ai dû faire deux ou trois tentatives de suicide, puis j'ai dépassé ça. Mais le poids de ce passé et de ces brutalités est toujours là.

Je pense tout le temps à une de mes amies qui voulait se suicider. Elle était venue me voir à L'Ineptie. « Tu sais, disait-elle, quand on a été prostituée, forcée à le faire, on trouve toujours des gens pour nous dire que c'est notre faute. » Elle était mariée avec un homme qu'elle aimait, elle avait deux beaux enfants, et puis un jour, dans une dispute, son mari lui a dit : « Ton corps, des milliers d'hommes sont passés dessus ! Tu n'es qu'une pute ! » On ne peut pas dire des choses comme ça à une femme. Elle m'a demandé si je voulais bien m'occuper de ses enfants. J'ai refusé : « Tu ne peux pas faire ça. Tu as des enfants, tu dois assumer, continuer, ne serait-ce que pour eux. » Moi aussi, j'ai eu envie de me suicider je ne sais combien de fois. Mais, lorsque, en sortant de leur chambre, j'entends mes enfants me dire : « Maman, je t'aime, je t'aime, bisous... », je jette le médicament dans les toilettes... Mon amie a renoncé au suicide mais son mari n'a jamais su à quel point elle en avait été proche.

Je me sens toujours sale, porteuse de malheur. Même maintenant. C'est inscrit en moi. Quand je dors, je rêve de violences, de viols. La plupart du temps, je fais des cauchemars. Hier, j'ai encore rêvé de serpents qui entraient dans mon pantalon. J'ai essayé à plusieurs reprises de me débarrasser de ces cauchemars, mais en vain.

Je ne crois pas qu'il suffise d'aller consulter un psychologue pour y parvenir. Je l'ai fait, j'ai tenté beaucoup de choses, mais c'est inscrit dans le corps. Quand tu vois des taches sur ta peau, des marques de torture, des brûlures de cigarette, des traces de chaînes sur les chevilles, c'est indélébile. Je vis aujourd'hui avec les souffrances du passé, elles sont là. Je reste à l'Afesip précisément à cause de cela. Beaucoup de gens travaillent dans le domaine du sauvetage des enfants, mais j'ai bien peur que certains volontaires n'éprouvent du mépris ou un sentiment de supériorité envers les prostituées. Pour ma part, c'est différent, je suis l'une d'entre elles. Tout ce qu'elles ont vécu, je l'ai vécu, c'est comme si c'était moi, j'en porte les stigmates dans mon corps et dans mon âme. Nous partageons cela, et nous n'avons pas besoin de parler pour nous comprendre. La vie, c'est l'enfer tous les jours. Quand on entend certaines personnes, on voit qu'elles ne travaillent ici que pour le salaire, pas pour le cœur.

Bien sûr, je sais que c'est le passé. Aujourd'hui, personne ne viendrait me violer. Je tuerais celui qui essaierait. J'ai regretté autrefois de ne pas tuer ceux qui m'avaient fait du mal. Je me disais qu'avec tout ce malheur qui pesait sur nous, il serait facile, et même tentant, de tuer ceux qui profitaient de nous.

Un jour, nous avions failli assassiner un client. C'était un petit homme violent qui m'avait frappée, mordue, comme dans les films japonais. Au début, il se montrait gentil. Il faisait semblant d'être amoureux de mon amie, de vouloir l'aider à s'en sortir. Il est venu la voir pendant des mois. Puis nous nous sommes rendu compte qu'il disait tout à la mère maquerelle. Dès qu'on allait quelque part, elle le savait et elle nous battait. Un soir, à l'hôtel, il nous a violées toutes les deux. Puis il a essayé de nous donner des médicaments dilués dans un verre de jus de coco. Je me suis méfiée. Il m'était déjà arrivé une mésaventure avec lui : une fois où il m'avait emmenée à l'hôtel avec une autre amie, il nous avait droguées et nous nous étions réveillées au côté d'une douzaine de personnes, couvertes de bleus et incapables de marcher. J'ai donc dit à mon amie : « Ne bois pas ça. On va le lui refiler. » Pendant qu'il était dans la salle de bains, j'ai interverti les verres. Quand le client est revenu, il a vidé son verre, nous aussi, mais c'est lui qui s'est effondré de sommeil.

Mon amie et moi nous sommes dit qu'il cherchait peut-être à nous tuer. Nous lui avons noué un *krama* (une écharpe de tissu) autour du cou et nous avons serré. Ensuite, nous lui avons lacéré les pieds et les mains. Puis, nous avons pensé à sa femme, à ses enfants. Si on le tuait, la malheureuse serait contrainte de se prostituer pour élever ses enfants, alors on a desserré le *krama* et on est parties. On n'a pas su dans un premier temps s'il était mort. En tout cas, il n'est plus revenu. Longtemps après, je l'ai rencontré près du marché central. Il a sauté sur sa moto et il a détalé comme un lapin !

Combien de fois avons-nous pensé à tuer ces brutes ? Nous aurions pu. On est jeune, on est faible, on est tout petit, mais on peut. Mais lorsque nous étions humiliées au plus haut point par des hommes, nous pensions à leurs femmes, à leurs familles. Nous nous disions que nous étions des femmes, comme elles. Mais, quand même, à cette époque-là, j'ai regretté de pas pouvoir le faire.

Ça, c'est pour le mal qu'ils nous font. Auparavant, je ne parlais que de tuer les hommes. Pierre, mon mari, s'en souvient très bien. Maintenant, le temps a passé, j'ai compris qu'il ne faut pas rendre le mal pour le mal. Je deviens bouddhiste, je vais même écouter des bonzes : ils prétendent que ça n'en vaut pas la peine, qu'il faut penser à sa prochaine vie, donner l'exemple aux enfants. À l'Afesip, c'est difficile. Lorsque de nouvelles filles arrivent, elles me racontent ce qu'elles ont vécu et je me revois dans la même situation, tout le passé me remonte en mémoire en une sorte d'explosion. J'ai du mal à maîtriser mon émotion, nous pleurons ensemble, ça fait du bien.

De nombreuses amies à moi sont mortes, semble-t-il. J'ai beau les chercher, je ne trouve pas de traces d'elles. Je serais en mesure aujourd'hui de les aider à s'en sortir, mais elles ne sont plus là. J'en ai retrouvé une, récemment, je lui ai donné de l'argent pour qu'elle monte un petit commerce, et elle a disparu. Je ne sais plus où elle est, probablement tirée d'affaire. Elle était mariée à un type que nous appelions King Kong, un « killer », un tueur de la mafia. Un type très gentil avec elle, mais la seule chose qu'il savait faire, c'était tuer. Il avait donné à cette femme de l'amour et tout ce qu'il avait, mais il a été abattu par la police à cause d'une histoire compliquée de kidnapping pour le compte de la mafia locale. J'aurais aussi voulu aider ces deux femmes qui s'étaient montrées bonnes avec moi, dans le bordel près du marché central, qui a changé de mains deux ou trois fois en quinze ans. J'aurais voulu pouvoir y retourner, gravir les escaliers, mais je n'ai jamais pu, c'est au-dessus de mes forces. Je n'ose même pas passer devant, je fais un détour.

Quand j'étais jeune, je ne parlais presque pas. Il n'y avait personne en qui j'aurais pu avoir confiance, sauf Père, qui ne parlait pas non plus. Avec le temps, grâce à Pierre, j'ai appris à défendre mon point de vue, à m'exprimer quand c'est nécessaire. Mais je ne le fais pas volontiers. Au fond, je retombe sur la vieille règle cambodgienne : Ne fais confiance à personne. Si tu exprimes tes sentiments devant les autres, ils en profiteront pour se moquer de toi et te blesser cruellement. Faire des confidences est un signe de faiblesse, et le faible doit être écrasé ; il doit servir de marchepied pour que les autres se hissent d'un cran dans la société. Une parole que vous lâchez vous revient comme une balle. Essayer d'exprimer ce qu'il y a au fond de soi est donc un sport dangereux. Mieux vaut tout cacher et faire bonne figure. Je viens d'une société, celle des minorités ethniques, où l'on parle peu mais droit ; les gens sont honnêtes, ils ne connaissent pas la fourberie. En revanche, les Cambodgiens ne cessent de mentir pour se protéger. Voilà ce qu'est devenu le Cambodge après Pol Pot, peut-être n'était-il pas comme ça auparavant. La lutte pour la survie a durci les gens. Et les Chinois sont encore plus langues de vipère que les autres, à cause de l'enjeu financier.

On fait travailler les enfants très jeunes. On les bat. Lorsque le mari et la femme se disputent, ça retombe souvent sur les enfants. Plus encore si le mari n'ose pas battre son épouse parce qu'elle provient de telle ou telle famille. Les enfants doivent rapporter de l'argent. Ils aident aux champs, effectuent de petits travaux. C'est un peu dans ce but qu'on en a. Et certains, qui ne rapportent pas assez, sont vendus pour une somme modique, souvent dérisoire. Ils deviennent esclaves chez les riches, comme le veut la tradition. N'imaginez pas des esclaves comme ceux des plantations en Amérique du Nord. Mais comment appeler quelqu'un qui travaille toute la journée au service d'une famille, sans rémunération, sans droits, sans papiers, sans rien ? Tout le monde trouve cela normal. C'est seulement maintenant, et peut-être en partie à cause du regard des étrangers, qu'on s'avise, dans certains milieux plus ou moins occidentalisés, de trouver cela critiquable ou gênant.

J'ai vu des cas pires que le mien, au village : certains enfants étaient battus tous les jours, jetés hors de la maison. Ce sont surtout les femmes qui exercent ces mauvais traitements. Les hommes, c'est plus rare – mais plus dangereux aussi, à cause de leur force. Quand j'étais jeune, ma mère adoptive préférait ses propres filles. Lorsqu'une dispute éclatait, la première claque était toujours pour moi, et cela se répétait plusieurs fois par jour. Maintenant que j'ai une position dans la société, cette femme me préfère à ses filles. Au Cambodge, c'est ainsi, si vous réussissez, un tas de gens s'agglutinent autour de vous et prétendent vous aimer. Évidemment, c'est intéressé de leur part, et il ne faut pas se laisser berner par cette hypocrisie !

Tous ces adultes, lorsqu'ils étaient enfants, ont été battus. Et même plus tard. Le père de ma mère adoptive, un vieux Chinois, venait à la maison et, quand il n'était pas content, il la battait comme plâtre. Dans sa jeunesse, elle avait été très maltraitée, voire torturée par sa belle-mère, la seconde épouse de ce vieux Chinois qui l'avait carrément vendue à un bordel. C'est mon père adoptif qui l'en a sortie, bien plus tard.

Un soir, nous sommes allées dormir chez une tante de ma mère adoptive, que nous appelions « grand-mère » en raison de son grand âge. Une de mes sœurs me réveille en pleine nuit et me dit : « Viens. Il y a la grand-mère qui parle, elle raconte la vie de notre mère. » C'est ainsi que nous avons appris comment cette dernière avait été brutalisée, enchaînée. Ces révélations nous ont bouleversées. Nous avons pleuré ensemble le restant de la nuit. Mais ma mère ne nous avait jamais rien confié de son passé. Elle ne le pouvait pas. Elle ne le peut toujours pas. Quant à mon père adoptif, il a été orphelin de mère très jeune et élevé par un père brutal. Mais ce qu'il sait faire, c'est sourire à tout, toujours sourire. Ce sourire cache aussi des souffrances, bien sûr. Pourtant, une chose est sûre, il ne battait pas les enfants, ni les siens – il en avait six –, ni ceux qu'il a adoptés, et il y en a eu, sur une longue période, une quinzaine, dont moi.

Les adultes transmettent les brutalités qu'ils ont subies. Une de mes amies m'a dit : « Attends, je bats ma fille, mais elle en reçoit moins que ce que j'ai reçu de ma mère... » Ma sœur est capable de battre sa fille presque à mort. Pourtant, il faudra bien un jour ou l'autre arrêter cette infernale transmission.

Je pense que les enfants au Cambodge n'ont pas de chance. Ils deviendront des adultes qui, eux non plus, n'auront pas de chance. On évoque beaucoup aujourd'hui les filles qui ont été violées dans leur famille, à un âge souvent tendre, comme si c'était un phénomène nouveau. La seule chose nouvelle, c'est l'existence d'associations et d'organisations qui en parlent et veulent éradiquer ces pratiques atroces. Autrefois, les victimes étaient submergées par la honte et elles se taisaient. Si elles avaient ouvert la bouche, tout le groupe familial se serait retourné contre elles, les aurait accusées de porter la poisse, d'amener la honte familiale et la maladie. Si le mari bat sa femme, la viole, la délaisse, la femme doit encore faire *troan*, se sacrifier, afin de protéger la famille et de lui éviter la mise au pilori. Maintenant, au moins, il existe des moyens de favoriser la libération de la parole et de protéger celles qui parlent. Mais presque tout est à faire.

Mon père nous a éduqués dans la droiture et le travail. Il y avait toujours quelque chose à faire pour nourrir cette vaste maisonnée. Quand on revenait de la pêche, il fallait préparer le poisson. Il existe diverses manières de le conserver, en pâte fermentée, en jus, en poisson séché, de façon à en avoir tout au long de l'année, quelle que soit la saison. Je sais faire tout cela – le *prahoc*, le *pa'or*, le *mam* qu'on garde dans des jarres. Je prépare aussi fort bien les appâts pour la pêche. Je faisais le travail des garçons. Je sais encore repiquer le riz.

Père exigeait de nous une honnêteté sans faille. Un jour, nous avons trouvé dans la rue un collier en or. Nous l'avons ramassé et gardé pour nous. Notre excitation a dû l'alerter car il a découvert le collier. Il était fâché que nous l'ayons ramassé, ce bijou valait beaucoup d'argent. Alors il s'est lancé à la recherche de la personne qui l'avait perdu. Cette éducation m'a bien préparée pour l'avenir. Quand j'étais en France, je travaillais dix-huit heures par jour sans difficulté, ce n'était pas trop lourd pour moi. Je déplore souvent que mon existence, dans ma jeunesse, ait été un enfer, mais il est vrai aussi que c'est grâce à cet enfer que j'ai pu accumuler de l'expérience et la force qui m'a permis d'arriver là où je suis.

12. L'éducation des hommes

Quand on essaie d'avoir une vue globale de la situation, on peut dire que les femmes, en général, sont traitées comme des esclaves, ainsi que les enfants. Les filles, dans l'éducation asiatique, sont tenues dans l'ignorance des choses du sexe. On ne leur en parle jamais à la maison. Les premières règles sont un sujet de douleur, d'étonnement et surtout de honte. Je me souviens d'une amie qui croyait avoir été attaquée par des sangsues. Personne n'explique aux jeunes filles ce qui leur arrive. Plus tard, quand elles auront à se marier, personne ne leur expliquera non plus comment se comporter, ce qui se joue entre l'homme et la femme. Les parents ne donnent qu'une consigne : « Tout ce que ton mari voudra te faire, tu le laisseras faire. Elles ignorent leur propre corps, les fonctions de leurs organes, tout cela est confus, obscur, objet de dégoût. Elles n'ont, bien sûr, aucune idée de ce qu'est le plaisir dans l'amour et elles ne peuvent même pas le concevoir. Les romans à l'eau de rose qui circulent passent entièrement sous silence la sexualité. Les hommes ont fait leurs premières armes au bordel ; ils ne connaissent de la femme que la possibilité qui leur est offerte de la violenter. Les premiers rapports, dans le mariage, sont souvent traumatisants, pour l'un comme pour l'autre, et installent durablement des relations de brutalité où le mari trouve des satisfactions brèves et la femme une horreur de ces intrusions douloureuses. Rares sont celles qui trouvent la voie de l'harmonie dans le couple. Certains couples demeurent des années dans la chasteté parce qu'ils ne savent ni ce qu'il faut faire ni comment le faire. La règle générale est la frustration et les femmes frustrées élèvent leurs filles dans une attitude de refus et de soumission.

Les hommes, eux, ont le pouvoir. Pas tout le temps : devant leurs parents, ils se taisent. Devant une personne puissante, ils doivent se tenir cois, voire peut-être se prosterner. Mais dès que ces rencontres sont finies, ils reprennent leur superbe et distribuent leurs ordres dans la famille. Si leur femme rechigne, ils cognent.

La loi a un article unique : « Avant le viol, c'est le silence ; après le viol, c'est le silence. » On nous apprend, quand on est petit, qu'il faut être comme un arbre, le kapokier : *Dam kor*. C'est un jeu de mots sur l'homophonie de ce terme avec celui qui désigne le « sourd-muet ». Faire le kapokier signifie que, pour survivre, il faut être sourd-muet. Aveugle aussi, bien sûr. Moi, je suffoque, je m'étrangle, je bafouille, mais je romps ce silence.

Nous avons reçu pendant deux ans des fonds pour établir un programme d'éducation des hommes. Nous allions donner des conférences dans les postes de police ou les camps militaires. La première fois que j'ai fait ça, tout le monde m'a dit : « Comment ? Tu vas leur parler de sexe ? Toi, une femme ! Tu n'as pas honte ? » J'avais honte, assurément. Mais je savais aussi qu'il était nécessaire de faire sauter ce terrible verrou qui nous condamne tous au silence. Pierre m'a encouragée. Nous commencions par expliquer ce qu'est le sida et ce qu'il faut faire pour s'en protéger. Les hommes montraient de l'intérêt parce qu'ils en avaient peur. On leur expliquait tout à partir de zéro. On leur montrait même comment enfiler un préservatif en utilisant des bananes ! C'était l'occasion de mettre les choses au point, de leur faire perdre leurs croyances irrationnelles sur les protections illusoires dont ils s'entouraient. Puis, par le jeu des questions, on en arrivait au problème des rapports avec l'épouse. Beaucoup d'hommes disent que leur femme n'aime pas faire l'amour et que c'est la raison pour laquelle ils fréquentent les bordels. Ils en parlent franchement. Ils avouent que la passivité de leur épouse finit par les écœurer. Personne n'est heureux dans cette affaire. La tradition enseigne que le rôle de la femme est de rester tranquille, sans bouger, pendant que le mari fait sa petite affaire. Un de nos conférenciers expliquait à l'assemblée d'hommes en uniforme comment faire l'amour. Il parlait du plaisir des hommes et de celui des femmes. De cette chose rare et presque inconnue, l'amour. La révélation était complète...

Le poids des traditions n'est pas négligeable. Elles veulent, par exemple, que la femme, après ses couches, ne se lave pas pendant un certain temps, parfois deux ou trois mois, dans l'idée de préserver sa beauté, surtout celle de sa peau. Prendre une douche prématurée rendrait la jeune mère malade. Ainsi le veut une croyance fortement ancrée. Même chose pendant les périodes menstruelles. L'homme qui partage la couche de la jeune mère se plaint des odeurs...

La vogue, assez récente, des vidéos pornographiques n'était pas non plus sans susciter des questions. Un homme racontait que sa femme lui avait dit : « Si c'est pour faire des acrobaties comme dans les films, va voir les putes. » Il y est allé. Depuis, il s'esclaffait : « Ah ! les filles vietnamiennes qui viennent d'arriver, elles se mettent à poil, elles sont grosses, grasses, blanches, comme des cochons. Quelles merveilles ! »

Les conférenciers de l'Afesip, comme monsieur Cheng, et les conférencières abordaient ces questions avec clarté et simplicité. Il était évident que toute l'éducation de ces jeunes hommes devait être reprise à zéro. Mais ils semblaient l'accepter de bonne grâce, parce qu'ils se rendaient bien compte que leur vie sexuelle était d'une affligeante médiocrité. On leur passait une vidéo avec l'enregistrement d'une petite fille qui racontait comment elle avait été violentée. Ils pleuraient tous ! Ils devenaient enthousiastes sur notre action. J'ai reçu trois à quatre cents lettres dès le premier mois, et des milliers ensuite ! Nous obtenions des résultats extraordinaires. On nous réclamait partout.

Le plus dur était de parler avec la jeunesse scolarisée. Dans la société cambodgienne, ces sujets de discussion sont frappés de tabou, mais nous avons organisé quantité de réunions. La plupart des jeunes gens fréquentent les bordels. Comme ils sont très ignorants, ils n'utilisent pas ou que peu les préservatifs, et le nombre de malades du sida augmente dans des proportions inquiétantes. Les jeunes filles sont évidemment directement concernées, puisque ce sont elles qui épouseront ces jeunes gens menacés par les ravages de l'épidémie... Quand j'intervenais moi-même lors de ces séances d'éducation, je devais surmonter le tabou qui interdit à une femme cambodgienne de parler en public de ces choses-là. Alors, pour faire passer la pilule, je me présentais comme une « femme française ». Là, l'auditoire acceptait de m'écouter. Et puis, quand quelqu'un explique quels sont les problèmes et les risques qu'on encourt, au bout du compte les gens prêtent l'oreille.

Il faut changer les mentalités. Cette année, le 1er juin était décrété « jour de l'enfance ». Tout le monde parle des droits des enfants, mais cela n'empêche personne de les bafouer. On m'a demandé si je voulais adresser un message aux enfants. J'ai répondu que je préférais en envoyer un à leurs parents. J'ai parlé à la télévision du manque de communication entre les générations. S'ils ont des problèmes, les enfants ne peuvent pas en parler avec leurs parents, particulièrement au moment du passage à l'adolescence, avec l'apparition des premiers émois. S'ils les évoquent dans leurs familles, ils se font taper dessus, sous prétexte qu'ils n'ont pas le droit d'éprouver des sentiments ou des désirs. J'ai expliqué aux parents qu'ils ne devaient pas recourir à la violence et à la punition, mais au contraire expliquer que c'est la nature qui engendre ces émotions, qu'il faut seulement apprendre à les maîtriser tout en continuant à travailler à l'école. Je leur ai dit aussi que, si leurs enfants font des bêtises, parfois très graves, pour attirer leur attention, il ne suffit pas que la mère donne de l'argent pour les « racheter », ou que le père leur administre une claque ; il faut commencer par les écouter, si possible avant que le drame ne survienne.

Par la suite, la télé m'a proposé de venir chaque semaine parler une heure... Mais je ne peux pas faire la conseillère médiatique. Je parlais avec mon cœur, je ne peux pas en faire un système. J'ai refusé.

Trente ans de guerre, et ce pays est en faillite morale. Les gens se disent bouddhistes, mais qu'est-ce qu'être bouddhiste ? Aller à la pagode et accomplir quelques gestes pour attirer la chance ? Ce n'est pas ça, le bouddhisme. Moi aussi, je suis bouddhiste. Il faut s'engager complètement. Les Khmers ne savent plus quelle est leur identité. Par exemple, je me suis beaucoup intéressée au costume khmer et j'ai fait des recherches sur le sujet. J'ai trouvé des photos et des cartes postales datant des années 1920 ou 1930 représentant l'habillement khmer. J'ai fait tailler des habits semblables par une couturière et qu'est-ce que mes amies, des femmes haut placées, m'ont dit alors ?

– Pourquoi t'habilles-tu comme une Thaïe ?

– C'est plutôt toi qui suis la mode de Bangkok, ai-je répliqué. Moi, j'essaie simplement de revenir à ce qui est khmer, khmer Longvek, notamment.

J'ai suggéré aux filles de la télévision de mener des recherches sur nos traditions et de les montrer afin que les gens les connaissent, ou les reconnaissent. On peut quand même s'interroger sur ce qu'est devenue la société cambodgienne. Il y a quelque temps, j'ai rencontré une femme, une mère, qui venait au bordel chercher l'argent que sa fille, âgée de dix ans, lui rapportait. Lorsque je lui en ai fait le reproche, elle m'a rétorqué :

– C'est ma fille. C'est moi qui l'ai portée pendant neuf mois, c'est moi qui ai souffert pour la mettre au monde. Je fais ce que je veux. Ce n'est pas la vôtre.

– Moi aussi, j'ai eu une fille, que j'ai portée, ai-je objecté. Moi aussi, j'ai senti les douleurs de l'enfantement. Mais si je n'ai rien à donner à manger à ma fille, c'est moi qui vais me prostituer, et non pas elle.

– Eh bien, moi, j'ai un mari qui me bat. Dès qu'il y a un peu d'argent à la maison, il boit, il cogne et il me viole. Il frappe les enfants. Et ma fille est au bordel. Je gagne de l'argent grâce à elle. Et peut-être pourra-t-elle trouver là un homme qui l'épousera.

Une autre fois, nous parlions avec un homme qui avait violé sa propre fille, une gamine. Nous lui demandions pourquoi il avait fait ça.

– Sa mère est belle, elle attire tous les coqs du village. Alors, pour lui faire mal, j'ai violé sa fille, qui est belle aussi.

– Mais cette fille, c'est aussi la vôtre !

– Non, elle est à sa mère. C'est sa mère qui a été enceinte. Cette enfant n'est rien pour moi. Ce n'est pas moi qui l'ai portée dans mon ventre, quand même !

Voilà le genre de réponses que nous recevons quand nous enquêtons...

Nous avons au centre une jeune fille qui s'y trouve depuis plusieurs années. Nous avons mené des recherches pour elle, mais elle refuse de revoir sa mère. Elle avait huit ans quand cette dernière l'a vendue. Quand elles sont arrivées ensemble à la maison close, la petite l'a regardée dans les yeux en la suppliant : « Je ne veux pas faire la vaisselle ici. (Elle croyait qu'elle allait faire la vaisselle !) Je veux rester avec toi, même s'il n'y a rien à manger. Je veux rester dans tes bras. » Elle tenait sa mère par le cou. La mère lui a flanqué une claque et l'a bousculée. La petite est tombée, s'est accrochée aux chevilles de sa mère, qui lui a donné un coup de pied et est partie sans se retourner, avec ses cinquante dollars en poche. Ensuite, il a fallu la forcer pour pouvoir vendre sa virginité. On l'a récurée et enduite de crème éclaircissante, afin qu'elle présente un teint plus appétissant. Comme elle refusait, elle a été battue plusieurs jours de suite. Soûlée de coups, elle a été ensuite livrée à des clients. Après la défloration, on l'a recousue, à vif, évidemment, et revendue à un autre bordel. Et ainsi de suite jusqu'à l'âge de dix ans, quand nous l'avons sauvée. Je me suis occupée d'elle et, de temps en temps, je lui demandais :

– Ma puce, est-ce que tu veux voir ta mère ?

– Non, je ne veux pas voir sa tête méchante, ses yeux mauvais, non.

Moi qui aurais tant voulu voir ma mère, je pleurais avec elle. Elle est restée avec nous pendant quatre ans. Un jour, elle m'a dit qu'elle désirait revoir sa mère. Il a fallu la chercher car les souvenirs de l'enfant étaient flous. À force d'enquêter, elle a reconnu son frère dans la rue d'un village. Nous avons retrouvé la mère, qui s'est mise à pleurer quand elle l'a vue. La gamine lui a dit :

– Ne pleure pas. Je viens ici pour te poser une seule question : pourquoi m'as-tu vendue ?

La mère a balbutié que ce n'était pas elle, qu'elle l'aimait, qu'elle l'avait cherchée partout, en reniflant très fort.

– Tu ne changes pas. Mais tu n'es plus ma mère. Ma mère, c'est elle, dit-elle en me désignant. Elle ne m'a pas donné naissance, mais elle m'a donné le reste.

– Tu viens habiter ici, avec nous ?

– Non. Pas question. J'ai réfléchi depuis quatre ans et je viens te voir aujourd'hui pour que tu répondes à ma question : pourquoi m'as-tu vendue ? Pourquoi m'as-tu battue quand je t'embrassais ? Pourquoi m'as-tu donné un coup de pied quand je serrais tes chevilles ? Tu avais cinquante dollars dans la main.

– Non, je ne t'ai pas vendue. Je ne savais pas que c'était un bordel.

– Comment peux-tu dire ça ?

– Nous n'avions rien à manger.

– Tu mens. Tu as pu vivre jusqu'à maintenant.

Le petit frère est intervenu pour dire qu'il craignait qu'elle vende également la plus jeune sœur. Les voisins ont raconté qu'elle l'aurait fait, si la petite n'avait été handicapée de naissance. Personne ne voulait l'acheter, telle était la vérité.

La gamine s'est adressée aux villageois qui s'étaient rassemblés.

– Se faire violer à huit ans, ça fait très mal. Vous le savez ? On m'a volé mon enfance pour un peu d'argent. C'est la seule chose qui vous intéresse, l'argent. L'argent !

Nous sommes reparties. Elle ne voulait pas rester une seconde de plus dans cette maison de malheur. Elle avait quatorze ans, et le corps d'une enfant, mais son esprit était plein de la gravité et de la souffrance de l'adulte précocement mûrie.

Pour le moment, elle va à l'école, elle travaille bien. Elle veut devenir secrétaire, apprendre à parler anglais. Sa mère et ses deux jeunes frères auraient bien aimé la récupérer pour qu'elle fasse les travaux domestiques. L'autre jour, sa mère a encore téléphoné au centre mais la fillette refuse de lui parler. Il arrive que les mères portent plainte contre nous afin de récupérer leurs enfants dans la perspective de les revendre. Il n'y a pas de petits profits. Mais notre position juridique est forte : une mère qui vend sa fille se disqualifie, et notre statut nous autorise à héberger et à représenter les enfants.

13. L'Afesip aujourd'hui

En 2000, le programme ECHO financé par la Communauté européenne est arrivé à son terme et n'a pas été renouvelé. Des changements s'étaient produits à Bruxelles. Les gens qui ont pris en charge les questions d'urgence étaient, nous a-t-on dit, de purs bureaucrates, et tout s'est noyé dans un flot de paperasses.

A l'époque, nous avons été submergés par l'arrivée de filles, parce que le gouvernement avait soudainement décidé de « nettoyer » la ville. Nous avons réuni tout le personnel pour faire le point et prendre parti sur ce qu'il fallait faire. Les crédits manquaient et nous avons décidé à l'unanimité de mettre tous nos salaires au pot pour nourrir les filles. Chacun voulant poursuivre le travail de l'Afesip, nous ne voyions pas d'autre solution. Cette situation a duré près de six mois. Nous n'avons atteint un niveau de financement équivalent à nos besoins que vers le début 2004, grâce surtout à l'intervention de nos amis espagnols.

Il a fallu se réorganiser et définir des priorités. Pour nous, la première urgence est de pouvoir accueillir les filles et de favoriser leur réhabilitation. Le projet d'éducation de masse marchait bien, mais faire venir les gens, les rassembler, les nourrir, faire circuler nos équipes, fournir les carnets, les crayons, les boîtes de préservatifs, l'entretien des véhicules endommagés sur les routes infâmes, tout cela coûtait cher, et nous avons choisi d'attendre des jours meilleurs pour le reprendre.

Nous connaissons toujours des problèmes financiers vers la fin de l'année. On a beau prévoir l'accueil d'un certain nombre de filles, il en arrive toujours davantage. Impossible de les refuser, de les laisser à la porte ! Nous avons diffusé partout des cartes avec notre numéro de téléphone d'urgence : 012 88 88 40. Des filles arrivent même en moto-taxi, quand elles veulent faire le saut.

Un jour, on a vu arriver Mom. Battue à mort, elle saignait et était bleue de partout. Elle ne se sentait pas bien mais il n'était pas question de l'emmener à la clinique, où les macs auraient pu la récupérer. Il fallait la soigner sur place, la panser, lui rendre quelques forces, la laisser se reposer, lui donner le sentiment qu'elle était à l'abri. « Je veux mourir ici, ne m'emmène pas dehors ! » Elle ne voulait pas que je m'éloigne d'elle. Elle avait peut-être le sida, et je me suis dit qu'il ne fallait pas attendre. J'ai appelé le médecin. C'était un dimanche. Personne ne répondait au téléphone. Je suis restée avec elle toute la journée.

Le lendemain, je lui ai parlé. Elle avait quinze ans, je lui en donnais treize. Elle avait été vendue à un bordel nommé Snah, qui appartient à la police militaire. L'endroit était dirigé par un souteneur très connu, qui avait déjà tué plusieurs filles récalcitrantes. Mom était restée enfermée là pendant quatre mois, battue, enchaînée, violée sans répit. La maison, qui se trouvait à Tuol Kork, était plantée sur pilotis au-dessus d'un marécage, comme souvent les maisons cambodgiennes. Les toilettes donnaient directement sur l'eau. Un jour, Mom a trouvé un orifice dans le plancher et, la nuit venue, elle s'est glissée par là jusque dans l'eau, où stagnaient toutes sortes d'immondices. Elle a pataugé dedans, s'est enfuie et s'est rendue à la police. Elle a tout raconté – les mauvais traitements, les sévices – et les policiers ont pris sa déposition dans les règles. Ensuite, ils lui ont proposé de l'emmener, à moto, à notre association, ce qu'elle a accepté de grand cœur. En réalité, ils l'ont ramenée – et revendue – au bordel d'où elle venait de s'échapper !

Les souteneurs l'ont tabassée. « Ce soir, ils vont finir par me tuer », a-t-elle pensé. Alors, elle s'est à nouveau glissée par l'ouverture, a pataugé encore dans le cloaque, s'est traînée sur une route un peu plus haut et a marché, autant qu'elle le pouvait, jusqu'au bord de l'épuisement. Elle a erré toute la nuit, en évitant le poste de police, et au matin, après avoir demandé son chemin à des gens dans la rue, elle est arrivée chez nous. C'est pour cela qu'elle ne voulait pas sortir : elle pensait que les souteneurs, et les flics, devaient patrouiller dans le quartier. Même la clinique ne lui inspirait pas confiance. Elle savait que n'importe qui pourrait la revendre pour une poignée de dollars. Nous avons pris des photos d'elle : elle était couverte de bleus, la tête tuméfiée... Elle nous a parlé d'une amie à elle, qui était enchaînée. Parce qu'elle refusait les clients et avait tenté de s'enfuir, les souteneurs l'avaient attachée et brûlée. Déjà, la police avait trouvé à proximité de ce bordel une fille morte, ligotée, portant des traces de brûlures. Mom pensait qu'elle était destinée à subir le même traitement.

Elle est restée trois ans à l'Afesip. Peu à peu, elle s'est reconstruite. Aujourd'hui, elle est mariée et elle a deux jolis bébés. Sa mère, divorcée, était partie avec un homme, la laissant aux bons soins de sa grand-mère qui s'était empressée de la vendre. Sous l'empire de la nécessité, disait-elle. Qu'est-ce que ça veut dire ? Ces histoires, innombrables, qui nous parviennent par l'intermédiaire des victimes, montrent que les relations familiales sont extrêmement détériorées. Est-ce le résultat des drames et des horreurs provoqués par les guerres et les convulsions politiques des trente dernières années ? C'est possible. Je suis trop jeune pour avoir vécu dans l'ancienne société cambodgienne. Mais il faut constater que les enfants sont parfois violemment haïs par des membres de leur famille proche, parents, beaux-parents (il se produit beaucoup de divorces et de veuvages précoces), grands-parents, plus rarement frères et sœurs. Les parents se disputent âprement, et les jalousies et la vengeance retombent sur les plus faibles – les enfants. Il faut dire que les ressources de la majorité des familles sont en général insuffisantes et que l'appât d'un gain, même maigre, peut détruire des structures familiales déjà affaiblies par la misère, l'insécurité, la maladie et la mort. Il ne s'agit pas ici d'excuser, mais de comprendre...

Et puis, il ne faut pas oublier les femmes qui se prostituent d'elles-mêmes. Elles ont des enfants, le mari est parti sans laisser d'adresse, elles n'ont ni métier ni ressources, ne savent ni lire ni écrire. Il n'y a pas de travail. Nourrir les enfants et les envoyer à l'école coûte de l'argent. Elles n'ont pas d'autre solution. Elles n'ont jamais eu leur chance. Celles-là ne veulent pas sortir de la prostitution, même si ce métier les dégoûte.

On rencontre aussi d'autres cas. Par exemple, celui de cette femme qui était enceinte quand son mari est tombé gravement malade. Elle a accouché d'une fille et soigné son mari avec dévouement. Au bout de deux ans, celui-ci est mort. Elle s'était endettée pour lui procurer des soins et devait dans les deux cents dollars. Comme elle ne pouvait pas rembourser sa dette et qu'elle avait, très fortement ancré en elle, le sentiment que cette enfant leur avait porté malheur, puisque son mari était tombé malade au moment où elle-même s'était trouvée enceinte, elle a vendu la fillette. La petite s'est retrouvée dans une famille financièrement à l'aise, qui avait déjà une petite fille. Elle a été bien accueillie, jusqu'au jour où la maîtresse de maison est allée rendre visite à une voyante. Tout le monde ici consulte les voyantes et les astrologues, personne au Cambodge n'entreprendrait quoi que ce soit sans leur avis. La voyante a décrété à la mère que cette petite fille adoptive lui porterait malheur et que la seule façon de s'en protéger était de la faire souffrir avant qu'elle puisse causer du mal. En rentrant, la mère et sa fille âgée de dix ans se sont mises à torturer la petite de deux ans. Le soir, elles l'ont jetée dehors. L'enfant hurlait. Alors, elles ont déversé sur elle de l'eau bouillante, puis la mère a pris la petite par les pieds et a commencé à lui cogner la tête contre un mur. Les voisins sont intervenus et ont transporté l'enfant à l'hôpital pédiatrique tenu par des étrangers, Kantha Bopha. Elle est morte là-bas. Le personnel soignant a alerté la police, qui a arrêté la femme. Celle-ci a déclaré qu'elle avait acheté l'enfant et qu'elle pouvait en faire ce qu'elle voulait. Comme personne n'était là pour porter plainte, elle a été relâchée. Finalement, alertées, des associations de protection de l'enfance ont porté plainte au nom de l'enfant décédée.

Dans notre pays, il y a la loi, écrite, que tout le monde ignore, et la loi de l'argent. Avec de l'argent on peut acheter, non seulement des objets, mais des personnes. Et le juge, s'il est acheté lui aussi, peut très bien entériner ce marché. L'argent permet tout. Peut-être autrefois en allait-il autrement. Aujourd'hui encore, dans les campagnes, on rencontre des gens merveilleux qui sont toujours prêts à partager leur repas avec vous. Certes. Mais moi, qui suis née après les grands bouleversements, quand j'ai ouvert les yeux sur le monde, j'ai vu la violence et la corruption partout. Où sont les Khmers et leurs admirables traditions ? Où sont les bouddhistes et leur morale empreinte d'abnégation ? Moi, je suis bouddhiste – bouddhiste ordinaire –, je donne du riz à la pagode pour nourrir une douzaine de jeunes qui étudient là. Mais ceux qui torturent les filles vont aussi à la pagode. Sont-ils bouddhistes, ou diaboliques ? J'ai posé ces questions au vénérable, le bonze qui dirige la pagode que je fréquente. Il m'a répondu : « Somaly, après trente années de guerre, il existe même des bonzes qui violent des enfants ! Et il y en a d'autres qui sont bons et qui ne savent même pas pourquoi ils sont bons ! »

En 2001, nous avons fêté les soixante ans de mon père. Au Cambodge, hormis chez les gens riches, on ne fête pas les anniversaires, mais soixante ans est un âge charnière : on cesse de travailler et on devient, comme un ancêtre, plein de sagesse. Nous avons organisé pour lui un anniversaire surprise. Il y avait là une cinquantaine de collaborateurs de l'Afesip, la vingtaine de ses enfants biologiques et adoptifs, dont certains font une très belle carrière, leurs conjoints et conjointes, leurs enfants, soit plus de cent personnes. J'ai pris le micro pour dire que nous fêtions quelqu'un qui nous avait fait du bien, qui nous avait recueillis quand nous étions petits, pauvres, abandonnés, qui nous avait donné chaleur et amour. Mon père pleurait comme une fontaine. Je l'ai remercié de nous avoir appris que, dans la vie, on doit savoir exactement ce qu'on veut, de nous avoir inculqué l'honnêteté, que l'argent n'est rien, qu'un voleur peut prendre ou brûler tous nos biens mais qu'avec du cœur, du courage, on peut toujours s'en sortir dans l'existence.

Quelques semaines auparavant, mon père avait voulu adopter un bébé de dix-huit mois. Il ne supporte pas la souffrance des enfants, surtout celle des orphelins. Nous avons dit : « Papa, tu es fou ! À ton âge, adopter un bébé ? On va trouver une autre solution. » Il ne peut pas s'empêcher de compatir, de vouloir remédier au malheur qui frappe ces petits innocents. Ma gratitude, notre gratitude pour lui est infinie.

Nous lui avons apporté des cadeaux. Il y avait en particulier une énorme caisse. Mon père se demandait ce que cela pouvait bien être. « Ouvre-la, tu verras. » À l'intérieur se cachaient deux hommes, deux amis qu'il avait perdus de vue depuis des années et que j'avais réussi à retrouver, après des mois de recherche. Deux amis avec lesquels il avait été ligoté et emmené par les Khmers rouges sur le terrain des exécutions. Tous trois en avaient réchappé *in extremis*, puis ils s'étaient perdus de vue, chacun étant persuadé que les deux autres avaient été tués plus tard. Ils pleuraient de joie, ils n'en croyaient pas leurs yeux. Je crois que, pour lui, c'était le plus beau des cadeaux. Il disait souvent qu'il ne pouvait pas mourir sans avoir revu ces amis avec lesquels il se sentait lié à la vie, à la mort, comme ils le savaient d'expérience tous trois, depuis plus de vingt ans.

Il y a quelques mois, j'ai appris qu'il y avait un contrat sur ma tête.

Me sentant suivie, je me suis réfugiée au Royal, le grand hôtel de la ville. Installée au bar, j'ai bu cinq ou six whiskies. Lorsque j'ai repris la voiture, j'ai eu un accident. L'autre conducteur saignait de partout. J'ai eu une peur horrible. Je l'ai emmené à l'hôpital et j'ai donné beaucoup d'argent au personnel soignant pour qu'on s'occupe bien de lui. Il faut savoir qu'au Cambodge les assurances n'existent pas pour les individus. Ici, quand il se produit un accident entre une moto et une voiture, c'est la voiture qui a tort. Le principe veut que le plus riche – ou le plus gros – paie une compensation au plus pauvre, au plus vulnérable. C'est une loi non écrite. L'homme m'a demandé mille dollars ; d'habitude, on se contente de cinq cents. Moi, j'ai donné trois cents dollars aux médecins et trois mille au conducteur blessé. Il m'a dit qu'avec cet argent il allait retourner chez lui, à Prey Veng, acheter une rizière et faire du business. Il était ravi. Ce type était gentil et sa moto était bien à lui – ce n'était pas une moto volée. Cet accident m'a bouleversée. C'est vrai, l'homme avait pris un sens interdit et roulait sans lumière. Mais pourquoi roulais-je un peu vite ? Pourquoi étais-je ivre ce soir-là ? Je me suis sentie terriblement coupable.

Ça signifie qu'entre le désir de vengeance, la volonté de tuer pour punir ceux qui nous exploitent, et la réalité, il y a un pas immense qu'heureusement je n'ai jamais franchi, malgré la tentation que j'ai fréquemment éprouvée de le faire. Il y a quelque temps, une fille de chez nous s'est fait enlever par les maquereaux. Ils lui ont presque arraché la main pour la jeter dans une voiture. Voilà qui me met en fureur. Si j'avais été là et si j'avais eu une arme sous la main, je ne sais pas ce que j'aurais fait. Dans notre société, on règle les problèmes de cette façon-là, par la violence. Il n'y a pas de loi, pas de police, pas d'institution qui te protège, toi, petit vermisseau. Si tu es fort, ou si tu as de puissants protecteurs, on te laisse tranquille ; sinon, tu ne vaux rien, on peut t'écraser. Les Occidentaux ont du mal à comprendre cette logique, qui ne s'applique pas chez eux. Ils nous demandent d'avoir confiance en des institutions qui n'existent que sur le papier. Je reconnais qu'ils ont raison, qu'il faut préparer l'avenir, l'avènement du règne de la loi, comme ils disent. C'est ce que nous faisons en tant qu'association. Mais nous traversons une période intermédiaire, entre la loi de la jungle et celle du Code pénal. Une période qui peut durer longtemps et qui nous oblige à réagir, à choisir telle ou telle attitude, nous, individus constamment menacés par les intérêts des riches et des puissants.

14. L'impossible oubli

Dans mes souvenirs, les images les plus insupportables sont celles du viol commis sur moi par le Chinois et celles du « grand-père » en train de me tripoter. Le fait d'avoir été battue n'est pas ce qui prime. Cette douleur-là est finalement superficielle. Plus graves sont les coups de pied sur les enfants. Un coup de pied d'adulte peut envoyer valdinguer un enfant à plusieurs mètres. La première fois que je suis arrivée dans le bordel, au coin de Monivong et Bouding, après avoir été vendue, on m'a dit que j'allais chez une « tante », qu'on serait comme en famille, que tout irait bien. Le soir, on m'a ordonné de me maquiller, j'ai refusé. Alors, on m'a enfermée dans le réservoir d'eau. À Phnom Penh, comme l'eau n'arrivait que de temps à autre, les gens avaient des réservoirs alimentés par des pompes. Dans la journée, l'eau devenait chaude. C'est là-dedans qu'ils m'ont enfermée. Après, j'ai été violée par des infirmes de guerre.

Quand je ferme les yeux, je revois les tortures physiques. Je les préfère aux tortures morales, comme celles qu'on m'inflige désormais en menaçant de tuer ma famille et mes collaborateurs. Ils me battaient, à coups de pied, à coups de poing. Tu as envie de mourir mais tu n'as pas le droit d'être morte. Tu veux disparaître mais tu n'en as pas le droit.

Les souvenirs qui m'agressent le plus sont ceux du viol et de l'odeur du sperme. Dans les bordels, les nattes sont rarement changées, ça sent le sperme partout. C'est insupportable. Même aujourd'hui j'ai l'impression de respirer l'odeur des chambres de passe. Les clients puaient, ils étaient sales, ils ne se douchaient pas. Je me souviens d'un homme qui avait une haleine infecte. Chez nous, il n'y avait pas de dentifrice, mais on se lavait les dents avec du charbon ou du sable. Certains types ne se lavent jamais les dents, qu'ils ont jaunes et toutes pourries. J'ai tellement vécu au milieu de ces odeurs que je ne les supporte plus. Même quinze ans après, je me sens salie. J'ai encore dans le nez l'odeur de ces endroits. Alors je me lave comme une folle, je mets des crèmes, je me couvre d'eau de toilette pour chercher à masquer cette odeur de sperme qui me poursuit. J'ai un placard rempli de parfums à la maison, je dépense de l'argent pour étouffer ces odeurs qui n'existent peut-être que dans mon esprit enfiévré, et je les chasse par les lourdes senteurs contenues dans les flacons.

Je fais des cauchemars presque chaque nuit. Je me retrouve toujours dans des situations où les souffrances s'accumulent. Pour essayer d'éviter ces nuits atroces, il m'est arrivé de boire – un mauvais whisky, une mixture faite à Singapour, qui me rend malade. Alors je vomis, j'expulse tous ces malheurs avec ; ensuite j'ai un moment de répit. Ce n'est pas fameux comme solution, mais il y a des moments où l'on ne sait plus quoi faire pour oublier, pour enterrer le passé.

A force d'écrire ce livre, je ne dors plus, ça me rend malade, je cauchemarde au souvenir de toutes ces horreurs. Je ne sais pas si je peux vivre toute ma vie avec ça. Il y a des moments où j'aimerais bien me débarrasser de cette mémoire qui m'oppresse, qui ressasse les souffrances passées, qui m'oblige à prendre douche sur douche, en frottant le plus fort possible avant de me tartiner de crème et de m'inonder de parfum. À quoi rime cette existence ? À part pleurer, qu'est-ce qu'on fait ? Qui a le plus de chance : mes amies qui sont mortes, enfin débarrassées, ou moi qui survis avec ce tintamarre de souvenirs qui me hantent, me suivent partout, tout le temps ? J'aurais aimé mener une vie heureuse, mais les problèmes sont là, devant nous, béants, qui réclament notre énergie, notre activité incessante, et même notre désespoir ! Dire que le passé est passé, qu'il faut mettre tout ça derrière soi, je sais ce que c'est : c'est ce que je me tue à dire aux filles qui arrivent au centre avec leur souffrance insupportable.

Je sais tenir ce discours, mais je sais aussi qu'il ne sert à rien, qu'il ne me fait pas de bien, que rien ne vient cautériser les plaies anciennes. Si je confie à mon mari, à mes amies proches, que je me sens sale, ils me diront que ce n'est pas vrai, que je suis comme ci ou comme ça, mais que, pour eux, je ne suis pas sale. Ce discours n'a aucune chance de me réconforter. À qui puis-je expliquer que je me sens sale et qui pourrait le comprendre, sinon les filles qui sont passées par là où je suis passée ? Je suis de bon conseil pour beaucoup de monde, y compris les épouses des personnalités importantes qui me téléphonent pour que je les réconforte. Je suis douée pour cela, et il est possible que mes conseils fassent du bien, parfois, à ceux qui les écoutent. Mais une fois qu'ils sont partis, tout le mal qu'ils m'ont confié retombe sur moi et continue à tourner dans ma tête. Et à moi, qui peut donner des conseils qui soient efficaces ?

Le pire, pour moi, ce sont certains journalistes. Ils disent vouloir un projet « sexy », « chaud » de manière à faire saliver le spectateur ou le lecteur. Ils me demandent de leur parler de mon passé, sinon, prétendent-ils, on ne comprendra pas l'action dans laquelle est engagée l'association. C'est pour cette raison aussi que je dois écrire ce livre : il m'évitera d'avoir à répéter mon histoire. Cette répétition n'est pas sans conséquences pour moi.

Les journalistes insistent souvent pour que les filles se confient et que je leur serve d'interprète. Mais la confidence ne se fait que si nous sommes dans une sorte de fusion, d'empathie. Il faut que je prenne la jeune fille par la main et que nous soyons proches au point de tout ressentir l'une de l'autre. Si elle pleure, je pleure. Si elle crie, je crie. Si elle frissonne, je frissonne. Mais sitôt le tournage terminé, le journaliste part et retourne à sa vie sans s'impliquer davantage. Moi, je reste là, prostrée, accablée d'avoir partagé une souffrance qui est la mienne, qui me ronge les os, me tord les tripes et me laisse épuisée et défaite. Je ne peux pas faire ça tout le temps. Je ne sais pas si les journalistes peuvent le comprendre. Certains ont ce côté charognard, et je suis aussi cette charogne qu'ils viennent dévorer pour susciter l'émotion des spectateurs. Lorsque je suis mal, c'est mon mari qui en supporte les conséquences.

Hier soir, en regardant mes enfants dormir, je me disais : « Tu es folle. Tu as de beaux enfants, qui dorment paisiblement, mais ils sont en danger. Je suis en danger. Mon couple est en danger. C'est impardonnable. Qui suis-je pour mener une vie pareille ? Ai-je le droit ? Le devoir ? C'est le mal que j'ai subi qui me donne la force et l'impulsion de mener cette existence. Existe-t-il une autre façon de l'exorciser ? »

Le travail administratif, la paperasserie ne sont pas mon fort. Moi, ce que je sais faire, c'est parler avec les victimes. Souvent, les nouvelles venues ne veulent pas rester. C'est normal, elles ne connaissent pas les lieux, ni l'association, elles se demandent ce qu'elles font là et elles préfèrent partir. Je m'isole avec elles pendant dix minutes, je leur parle, et elles comprennent l'intérêt qu'il y a pour elles à rester à l'Afesip. Elles décident alors d'y demeurer le temps qu'il faut. Nos psychologues n'en reviennent pas. Il leur faudrait des heures pour les convaincre, et encore, sans garantie de succès. Mais moi, j'ai le même sang que les victimes ; nous partageons la même horreur et la même expérience, quasi indicible. Je le sens, et elles aussi. C'est un échange par le regard, par les gestes. Je leur parle comme j'aurais voulu qu'on me parle quand j'étais à leur place. Notre entente est immédiate et profonde.

On compte au moins une vingtaine d'ex-victimes qui travaillent au sein de l'association, mais elles ne savent pas toutes opérer ce travail de rapprochement et de lien. Il faut dire que j'ai eu la chance de rencontrer mon mari. C'est lui qui a fait mon éducation, peu à peu. La confiance que j'ai en moi, je la lui dois en grande partie. Il a joué un rôle de père, ce qui ne lui convenait d'ailleurs pas du tout, mais comment faire autrement ? Quand je l'ai rencontré, j'étais quasiment mutique – barricadée en moi-même. Il m'a tendu la main avec patience, et j'ai fini par sortir de ma forteresse dérisoire.

Je n'ai jamais pu raconter quoi que ce soit à mes parents adoptifs. Pas même que j'avais été violée par le commerçant chinois. Cet homme était un voisin respecté, dans le quartier, qui faisait preuve de générosité en donnant de la nourriture pour les banquets. Chaque fois que j'allais voir ma famille, il fallait lui rendre visite. J'en avais la nausée, mais je ne pouvais pas porter atteinte aux sentiments et aux relations de mes parents. Je ne devais pas m'immiscer dans leur vie de cette façon-là. Si une fille se fait violer, pour l'opinion publique, c'est de sa faute. Évidemment, mes parents savent, ils ont compris aujourd'hui, mais nous sommes toujours restés dans le non-dit. Impossible de parler de ces choses-là, cela soulèverait la question des culpabilités, et tout le monde en souffrirait. Le mieux est donc de se taire, de parler jusqu'au moment où les mots meurent sur tes lèvres.

Quand j'ai confié à mon père mon projet d'écrire un livre, il a tenté de m'en dissuader. « Si tu écris ce livre, me dit-il, tout le monde au Cambodge te rejettera. Tu seras comme une pestiférée. Tu perdras ton honneur. N'écris pas. » Il ne m'a pas convaincue. Je prends le risque. J'ai une chance sur deux de surmonter cette vague de réprobation, de faire passer le message et de me faire comprendre de mes compatriotes. L'enjeu est trop important pour que je n'essaie pas. Nous vivons dans une société qui enterre tous les problèmes. Ce qui s'est passé sous les Khmers rouges ? Nous n'en savons rien, nos parents n'ont pas desserré les dents, croyant qu'en parler nous ferait du mal. Il y a comme un mur. Moi, je fonce dans le mur avec ma tête pour seul bélier.

Je ne sais pas bien qui je suis. Aujourd'hui, je suis à moitié cambodgienne, à moitié blanche. Je me sens beaucoup mieux ainsi. Je suis capable de prendre la parole et de communiquer avec les gens, ce qui aurait été impossible auparavant. Autrefois, tout le monde pouvait me donner des ordres. C'est terminé, je n'accepte plus les ordres de personne. Si on me dit de me taire, je refuse. Si on me propose des solutions pour le mieux-être des femmes, alors après réflexion, je peux dire oui.

Quand je lis des ouvrages, j'ai toujours l'impression que ce ne sont pas les victimes qui s'expriment. Sauf dans l'un d'entre eux qui m'a beaucoup intéressée : *Jamais sans ma fille*. Je l'ai lu cinq fois.

Un jour, j'ai rencontré un monsieur d'un certain âge, dans un village, un intellectuel qui avait traversé tous les événements ayant secoué ce pays. Il nous a expliqué que tous ces gouvernements étaient pourris, qu'ils ne valaient rien.

– J'ai soixante ans, l'âge où les hommes peuvent quitter la vie active, transmettre le patrimoine aux enfants et méditer sur les vanités de ce monde. J'ai tout vu, tout vécu. Ma conclusion est que ça ne sert à rien. Quand on est jeune, comme vous, on est enthousiaste, on désire entreprendre un tas de choses. Inutile ! Maintenant, je m'occupe de mon jardin, ce qui me paraît beaucoup plus sérieux que toutes les vaines agitations de la grande ville. Je me suis battu toute ma vie, et pour rien. Je voudrais rester tranquille avant ma mort, jouir du silence et du jour qui se couche.

Ces propos m'ont complètement découragée.

– Somaly, m'a-t-il dit, ne te bats pas ! Reste tranquille. Les puissances étrangères savent pertinemment ce qui se passe dans ce pays. Elles ferment les yeux et donnent de l'argent à ce gouvernement. La France ? Elle ferme les yeux et vend des armes. Voilà ce qu'elle fait, la France ! Notre pays, notre culture sont aujourd'hui minables.

Je percevais, dans ce discours, l'écho de la période Pol Pot. Mais je dois dire que quand on discute avec la génération de mes parents, qui n'a pas eu le loisir de s'éduquer, certains de ses membres sont encore partisans de la solution des Khmers rouges : repartir de zéro après avoir fait table rase du passé. Quand on voit comment une corruption endémique ravage notre société, même s'il est difficile d'admettre ce point de vue, on peut le comprendre.

Parfois, je suis tentée par l'idée de renoncer au monde, de me retirer dans la simplicité du quotidien et de la méditation. J'ai acheté un bout de terrain dans ma province natale. Je pourrais faire construire une petite maison, jolie, tranquille, et me réfugier là... C'est un rêve, sans doute. Il n'est pas encore temps d'y penser vraiment !

Quand surviennent des coups durs, il m'arrive de piquer des colères. Je m'énerve, je fantasme, je bouillonne. J'évite néanmoins alors de prendre des décisions. Je m'isole dans un coin, je prends du papier et j'écris. Je mets tout noir sur blanc. Ensuite, j'essaie de dormir un peu. Je me relis le lendemain puis je jette le papier. Je me sens mieux, plus calme, plus forte et plus lucide. Mais ces moments sont très pénibles. La douleur est toujours là, lancinante. C'est le passé qui fait mal. J'ai besoin d'une mère, je le reconnais volontiers. Aujourd'hui encore, j'aurais besoin qu'elle me prenne dans ses bras. Comment ai-je fait pour m'en passer pendant bientôt trente-cinq ans ?

Il y a quelques années, je suis allée à Marseille chez mon amie Renée. J'étais épuisée par plusieurs jours de travail intensif. Elle m'a emmenée chez elle, m'a fait dîner et m'a mise au lit. Elle m'a bordée et donné un baiser. J'en ai été tellement bouleversée que j'ai passé la nuit à pleurer. Impossible de dormir... Quand j'y pense, je me rends compte que je n'ai pas eu d'enfance. C'est pourquoi je me sens encore comme une enfant aujourd'hui. Je suis née et, à dix ans, l'on m'a mise au travail. J'avais beaucoup de responsabilités – le contraire de l'insouciance enfantine. Je n'avais pas le temps de jouer. Je n'ai jamais joué. À la maison, dans ma famille adoptive, nous n'avions même pas de quoi acheter du pétrole pour nous éclairer le soir, pas de bougies non plus. J'attendais la lune pour aller lire dehors et faire mes devoirs. J'ai dû tout apprendre toute seule, même le français. J'aurais aimé aller à l'école comme les autres et aujourd'hui encore j'aurais envie d'y aller. Mes occupations m'en empêchent mais je profite souvent d'un instant de libre pour apprendre. En ce moment, j'apprends l'anglais. *How do you do ?* Bientôt, j'apprendrai l'espagnol. J'aime ça, apprendre, j'ai une immense frustration.

Au village, près de Kompong Cham, vers 1982 ou 1983, officiait une cartomancienne, Mme Heng. Tout le monde la croyait parce que ses propos se vérifiaient toujours. Un jour, ma mère adoptive nous a emmenées, mes sœurs et moi, afin de découvrir de quoi notre avenir serait fait. La voyante a regardé les cartes, elle m'a regardée et prédit que j'aurais beaucoup de pouvoir, de l'argent, et que je pourrais aider toute ma famille. Elle m'a prévenue que je me marierais avec un *barang*, un Blanc, c'est-à-dire un Français, que je voyagerais en avion. Que j'aurais les trois drapeaux – c'est-à-dire pouvoir, honneur, argent. Des propos incroyables quand on considérait la baraque branlante où ma famille habitait dans un complet dénuement. Mes frères et sœurs sont partis d'un grand rire. Ils se moquaient de moi. Comment une noiraude maigrichonne pourrait-elle sortir de sa condition servile pour embrasser un avenir aussi radieux ? La voyante a prédit aussi que ma sœur, la plus jolie de nous toutes, aurait une vie de malheur. Nous pensions que, belle comme elle était, elle recevrait toutes sortes de propositions de mariage tandis que je n'étais qu'une souillon sans attrait. On voit qu'ils n'avaient pas lu *Cendrillon* !

A quelque temps de là, je me suis fait violer par le Chinois. Je suis allée voir cette *yey*, cette « grand-mère », et je lui ai crié qu'elle disait n'importe quoi, qu'elle était une vieille folle.

15. Les activités de l'Afesip

La taille de l'association et, comme on dit, son périmètre d'action ont beaucoup augmenté au cours des années. Nous intervenons désormais au Vietnam, en Thaïlande, pays dans lesquels je suis allée mettre en place des équipes qui réalisent un travail complémentaire du nôtre ici, au Cambodge. Il importe de dialoguer avec les autorités locales pour y parvenir. Je suis également une des représentantes de l'Association des femmes cambodgiennes dans l'Union des femmes de l'ASEAN (Association des pays de l'Asie du Sud-Est). Dans les pays communistes, c'est sur les associations « Union des femmes » que nous nous appuyons et, dans d'autres pays, sur des femmes d'un certain âge ayant beaucoup de pouvoir. Au Vietnam, j'ai été aidée et soutenue par une personnalité de l'Union des femmes vietnamiennes qui a rang de ministre.

En 2002, nous avons démarré l'Afesip Vietnam et l'Afesip Thaïlande après avoir obtenu les autorisations nécessaires. Pourquoi le Vietnam et la Thaïlande ? Parce que, dans ces affaires de trafic, le Cambodge n'est pas seul concerné, évidemment. Des filles transitent un certain temps par chez nous puis elles sont envoyées, vendues ailleurs. Il y a aussi celles qui viennent au Cambodge pour se prostituer ; elles achètent des passeports et continuent vers la Thaïlande, Taiwan, la Malaisie, la France, partout. Beaucoup vont en Europe à partir de Bangkok. Elles viennent de partout en Asie.

Nous avons beaucoup de filles vietnamiennes et l'Afesip s'occupe de les rapatrier quand elles désirent retourner dans leur pays. Pourtant, il arrive qu'au bout d'un mois certaines reviennent ici travailler au bordel. Il faut comprendre que c'est la pression économique qui déclenche ce flux. Parfois, ce sont les mères qui vendent leur fille à un réseau de prostitution, mais parfois ce sont les filles qui décident d'exercer cette profession, sans savoir toujours ce que cela implique. Si on les renvoie chez elles sans leur trouver de moyens de survivre, elles recommencent, c'est logique. Le fait est qu'elles gagnent moins si elles restent dans leur pays d'origine. Ici, les hommes apprécient beaucoup les filles à la peau blanche, par conséquent, les Vietnamiennes bénéficient d'une sorte de prime sur le marché. Quant aux Blancs, ils apprécient également les Vietnamiennes, donc elles gagnent sur tous les tableaux. Auparavant, on renvoyait les filles chez elles et, la frontière passée, on ne savait pas ce qu'elles devenaient. Beaucoup d'entre elles étaient envoyées par les autorités locales dans des « camps de rééducation » ; or il ne semble pas que l'internement dans ces camps soit réellement profitable ! Notre objectif est d'aider toutes les victimes, quelles que soient la couleur de leur peau et leur nationalité. Et la meilleure façon d'y parvenir est de leur permettre de trouver une indépendance économique, avec un soutien psychologique. Il faut donc développer des structures d'accueil dans leur propre pays pour les accompagner, au-delà du passage de la frontière. Elles ne peuvent pas bénéficier d'une formation professionnelle au Cambodge, puisque ce ne serait pas adapté aux besoins de leur propre pays, de la société locale. Aussi l'Afesip Vietnam a-t-elle exactement les mêmes activités que l'Afesip Cambodge, mais en prise sur les réalités vietnamiennes.

Quant à la Thaïlande, c'est un pays où le marché de la prostitution est énorme, et quantité de filles cambodgiennes et vietnamiennes se retrouvent là-bas. Nos équipes visitent les prisons, les bordels et s'occupent de celles qui voudraient être rapatriées. Comme on compte aussi beaucoup de Laotiennes et plus encore de Birmanes, nous avons décidé d'ouvrir un bureau au Laos. Nous attendons l'autorisation officielle d'un jour à l'autre. Pour la Birmanie, nous attendons encore. C'est un pays où il est difficile pour nous de travailler, du moins pour l'instant, et les associations n'y sont pas les bienvenues. Dès que nous trouverons l'ouverture, nous irons. À Siem Reap, dans la région des temples d'Angkor, il existe un bordel avec des Coréennes, des Roumaines et surtout des Moldaves. La clientèle asiatique paie cher pour cet exotisme-là.

On cherche à comprendre la géographie de ces flux car les filles sont toujours en mouvement. Lorsque nous avons pris rendez-vous auprès de la Communauté européenne, à Bruxelles, il n'y avait que deux fonctionnaires responsables de ces questions.

En 2002, je suis allée en France pour chercher des fonds. Nous avons toujours besoin de subventions, il y a tant à faire ! J'étais chez Luc et Marie, à Nantes, où j'avais reçu le prix de la Solidarité, en train d'expliquer ce que nous faisons, quand on m'a téléphoné du Cambodge. On m'a dit que les quatorze filles vietnamiennes que nous avions réussi à libérer, toutes âgées de moins de quinze ans, venaient d'être emprisonnées. Ceux qui ont les moyens de se payer des virginités ont de bonnes relations. Toutes les preuves – les armes, l'argent – qui avaient été trouvés dans le bordel d'où elles sortaient avaient disparu. Et voilà que les juges, aiguillonnés par les souteneurs, s'avisaient brusquement que ces filles, qui avaient trouvé asile auprès de l'Afesip, étaient « entrées illégalement dans le pays ». Il était donc urgent de les incarcérer ! J'ai hurlé, mais j'étais loin... Après l'arrestation, Pierre a fait une conférence de presse. J'ai téléphoné à toutes sortes de gens en France pour leur faire comprendre le genre de choses qui se produisent en permanence au Cambodge, ce charmant petit pays célèbre pour son « sourire ». Quel sourire ? Le sourire de qui ?

A mon retour, nous avons demandé l'autorisation de rendre visite aux filles en prison. Certaines avaient disparu, récupérées par les proxénètes. Les autres sont restées emprisonnées durant plusieurs mois. À leur sortie, deux d'entre elles se trouvaient enceintes ! Je n'en pouvais plus. Selon la loi, ces filles étaient victimes des trafiquants. Les coupables étaient les trafiquants. Il n'y avait aucune base légale à leur emprisonnement, et à l'exploitation des victimes. En même temps, elles étaient menacées. Les maquereaux leur faisaient passer le message suivant : « Si tu parles à la police, nous irons tuer tes parents au Vietnam. » Aussi se gardaient-elles d'avouer qu'elles étaient mineures et que quelqu'un les avait achetées. Les flics eux-mêmes en avaient marre. Ils nous disaient qu'ils avaient pris des risques en libérant ces jeunes filles mais qu'ils se sentaient encore plus menacés par l'évolution de la situation.

Il y a aussi l'histoire de cette jeune Vietnamienne, Loan, emmenée à Macao où elle a été contrainte à se prostituer. Les proxénètes ont eu des ennuis à Macao et ils l'ont fait passer au Cambodge avec de faux papiers – qu'il est facile d'acheter. Loan a débarqué chez nous. Nous avons porté plainte, en son nom, déclenché une perquisition au cours de laquelle la police a trouvé des armes, de la drogue, une douzaine de mineures. M. M., le patron du lieu, a été arrêté. Au bout de quelques jours, il a été libéré, et la drogue, dans les locaux de la police, est devenue de la simple farine... Mais Loan, pour sa part, a été condamnée pour entrée illégale sur le territoire à cause des faux papiers. Nous avons réfléchi à ce que nous pouvions faire pour lui éviter la prison. Nous avions, certes, des avocats, mais nous ne savons ni ne pouvons acheter les juges. De toute façon, nous n'aurions pas les moyens de rivaliser financièrement avec les riches trafiquants. Nous avons donc décidé d'emmener Loan au Vietnam. À minuit, nous avons pris la route, mais il faut traverser le Mékong par le bac, à Neak Luong, et le bac ne fonctionne pas la nuit. Au petit matin, dévorés par les moustiques, nous avons pu lui faire passer la frontière.

Une autre fois, nous avons été convoqués par la justice pour une autre Vietnamienne. En arrivant, nous avons vu la puissante voiture des proxénètes garée devant le tribunal. Ils nous ont arraché la fille des mains et l'ont poussée dans leur véhicule. Les gardes du tribunal nous ont dit de laisser faire, car, selon eux, c'étaient des parents venus chercher leur fille. Nous savions que c'était un énorme mensonge, mais qui aurait pu nous aider ? Elle ne voulait pas partir, quitter l'Afesip. Nous l'avions rassurée : « Nous sommes avec toi, il n'y a pas d'inquiétude à avoir. » Voilà ce qu'il nous en a coûté de nos illusions ! J'en ai pleuré pendant deux jours, de rage, de colère, d'impuissance devant l'injustice. Je me souviens du regard de cette enfant pendant qu'on la poussait dans la voiture. C'était une accusation muette, nous avions trahi sa confiance par notre faiblesse et notre incapacité à empêcher ce rapt, qui se faisait en public, avec l'assentiment du juge... On n'a jamais eu de nouvelles d'elle depuis, elle a disparu, peut-être tuée par ses bourreaux.

Depuis le début de l'Afesip, nous avons amené peut-être deux mille affaires devant les tribunaux. Nous avons gagné dans environ 5 % des cas, surtout pendant la période récente, maintenant que nous connaissons mieux notre sujet. Les auteurs de crimes contre les jeunes filles ne font jamais plus de six mois de prison. C'est sans doute le plus dur pour nous.

Je me rappelle ainsi le cas de cette fillette de sept ans qu'on nous a amenée un jour. Elle traînait dans la rue à un moment où ses parents étaient sortis et elle a été attrapée par un groupe de six ou sept types, âgés d'une cinquantaine d'années et qui avaient trop bu. Ils l'ont entraînée dans une maison et l'ont violée à tour de rôle. Comme elle était trop étroite, ils ont pris un couteau pour agrandir l'entrée de son vagin... J'ai emmené l'enfant à l'hôpital pour la faire recoudre et soigner. Peu à peu, elle s'est rétablie. Ensuite, a eu lieu le procès ; comme ses parents étaient très pauvres, nous avions porté plainte. Je ne suis pas allée au tribunal, c'était au-dessus de mes forces. J'aurais voulu écraser ces sombres brutes comme on écrase une mouche ! Un membre de l'association l'a accompagnée au tribunal. Les violeurs riaient comme des déments. « C'est l'œuf qui attaque le mur ! » disaient-ils au juge, qu'ils avaient grassement payé. Selon eux, ce qui s'était passé était la faute de la fillette, qui portait une jupe courte, et, de toute façon, elle était jeune et aurait le temps de refaire sa vie. Le juge a considéré qu'il était impossible d'envoyer en prison des gens d'âge aussi vénérable, et ils sont sortis libres, en rigolant.

La pauvre gamine, elle, ne comprenait rien à ce qui se passait. Elle me disait : « Maman, je ne veux plus aller à la justice, je ne veux plus entendre ce qu'ils disent, je ne veux plus, je ne veux plus... » Nous l'avons gardée. Elle est là depuis trois, quatre ans. Elle va à l'école. Nous l'avons fait opérer d'un fort strabisme et elle porte des lunettes noires. Parfois elle répète qu'elle ne veut pas aller au tribunal...

J'ai alors causé un véritable scandale, j'ai fait sonner les trompettes. Je me suis adressée à un proche conseiller du Premier ministre, qui m'avait déjà aidée dans d'autres circonstances. Je lui ai raconté l'histoire de cette enfant et je lui ai demandé comment un tel déni de justice était possible. Il s'est occupé de l'affaire. La justice s'est remise en branle, mais nous attendons toujours réparation. On ne peut pas téléphoner chaque fois que l'on perd en justice, ce qui se produit plusieurs fois par mois. Les autorités politiques peuvent remettre en mouvement la machine judiciaire, dans des cas particulièrement voyants, mais, même avec ce recours et ce soutien, les résultats sont rarement satisfaisants.

Je me souviens aussi de cette fille de province qui s'appelait Komsat – ce qui, en khmer, signifie « pas de chance ». Ses parents étaient morts et elle vivait chez sa sœur. Elle s'était fait violer par quatorze jeunes de son âge. Devant les juges, ces derniers ont affirmé qu'elle avait été payée. Effectivement, quand ils l'ont laissée, la fille était évanouie, par terre, et ils ont jeté sur son corps quelques billets. Ils ont surtout payé le juge, et ils sont sortis libres du tribunal.

Comment de telles choses sont-elles possibles ? Cette question me taraude sans cesse. De tous côtés, on me dit de me calmer, de laisser faire la justice. Mais comment peut-on laisser la justice faire cela ? Notre association existe pour chercher une autre solution que celle-là, mais l'avons-nous trouvée ? À un moment, je n'en pouvais plus. Nous avions une maison en construction. J'ai déchargé toute seule trois camions qui apportaient de la terre de remblai, comme une folle, pour passer ma rage. J'étais enceinte et j'ai perdu l'enfant. Il y a des moments où j'ai envie de jeter l'éponge, d'arrêter de me battre contre le crime organisé, contre les proxénètes, contre la corruption et le laxisme, contre certains juges qui ne sont même plus à vendre parce qu'ils ont déjà été achetés... Parfois, je n'en peux plus. Alors je pleure. Pleurer fait du bien. Surtout quand je suis accablée par le sentiment d'être seule, faible, désarmée, dans cet univers de brutes sans scrupules. Je ne suis pas une machine dans laquelle il suffirait d'injecter un peu de carburant pour qu'elle marche. Je suis faite de chair, d'os et de cœur... Je viens de passer huit ans à construire l'Afesip, mais ce furent huit années d'enfer. Je n'arrive pas à prendre de la distance avec le sort de ces filles, et je ne peux m'empêcher de penser à ma propre vie. Nous sommes marquées par les mêmes stigmates. Je partage leur souffrance. Je subis les horreurs qu'elles subissent. Et j'ai beaucoup de mal à ne pas tenir pour responsable le premier homme qui passe. Parfois, c'est mon mari qui subit mes humeurs, mes jérémiades, mes hurlements et mes gestes de colère. Il a beaucoup de mérite de me supporter quand je traverse ces crises où me plongent les gamines qui se réfugient chez nous.

Au Cambodge, nous avons cinq centres. Deux sont destinés à la formation professionnelle, un aux mineures de moins de quinze ans, un autre au rapatriement et constitue une sorte d'antichambre avant le retour au Vietnam. Là, sous la houlette d'une équipe parlant vietnamien, les filles peuvent attendre que la question de leurs papiers soit réglée. Enfin, nous avons un centre de passage, couplé avec un centre médical. Les filles y font un court séjour, de l'ordre de quelques semaines. Soit elles y viennent d'elles-mêmes, soit la police les y amène. Dès leur arrivée, il faut leur apporter un soutien psychologique parce qu'elles ont subi des épreuves très dures, avant d'atterrir chez nous, quelles que soient les raisons qui les ont poussées dans la prostitution.

Nous voulons agir de A à Z. Nous disposons d'équipes sociales, qui travaillent localement. Les membres sont pour beaucoup des ex-victimes à qui nous avons donné une formation. Elles visitent les bordels, parlent avec les filles, signalent les cas de mineures, les problèmes de santé, etc. Elles informent les filles sur l'aide que l'Afesip peut leur fournir pour sortir du bordel et donnent les adresses des refuges. Nos collaboratrices connaissent le milieu et savent s'y mouvoir. Elles vont sur le terrain faire de l'éducation sur le sida. Elles amènent les malades dans notre clinique, spécialisée dans les maladies sexuellement transmissibles. Chez nous, tout est gratuit tandis qu'ailleurs les soins sont payants, et assez chers, et les filles malades souvent traitées de haut. Un psychologue les écoute, des aides-soignantes parlent aussi avec elles parce qu'elles sont souvent au bord de la dépression : elles ont l'impression que leur vie est finie, que sans leur virginité elles ne pourront pas se marier et avoir une vie normale. Elles redoutent de retourner chez elles où elles seraient victimes du mépris de leur entourage. Elles se sentent condamnées à rester là, à gagner de quoi vivre en attendant que le sida les emporte.

Ce qui nous paraît très important, c'est que les donateurs viennent nous rendre visite. Il y a quelques années, le secrétaire d'État espagnol aux Affaires étrangères, M. Cortès, est venu accompagné d'une délégation gouvernementale. Ils ont visité nos lieux de travail. M. Cortès a écouté quelques-unes des filles raconter leur histoire, avec l'aide d'un interprète. Il en est revenu transformé. Il m'a expliqué qu'il m'avait entendue plusieurs fois, en Espagne, qu'il avait lu des rapports, mais que ce qu'il entendait là, directement de la bouche des petites victimes, dépassait l'entendement. Il était bouleversé. Nous voulons que nos donateurs s'impliquent, qu'ils viennent sur le terrain, non pas tant pour savoir ce que nous faisons de leur argent – ce qui est bien la moindre des choses – que pour partager le fardeau de ces souffrances, pour mesurer et sentir concrètement le besoin de solidarité humaine et d'amour que révèlent ces jeunes filles qui étaient perdues et que nous aidons à se retrouver. Parfois, j'ai du mal à convaincre les donateurs de venir visiter notre association. Ils restent dans leurs bureaux climatisés, remuent des montagnes de paperasses et n'ont pas le temps. Je m'efforce de leur faire comprendre que leur soutien moral et humain est aussi important que leur aide financière, pour nous, et pour les filles qui ont besoin d'être reconnues comme des personnes à part entière. On a parfois l'impression que, pour eux, donner de l'argent est une façon de se débarrasser du problème, de signifier qu'on ne veut plus en entendre parler. Nous avons besoin du regard des autres, de leurs conseils et de leurs critiques, de leur participation. Participation : c'est le mot-clé. Nous voulons inscrire notre action dans une chaîne d'interventions parce qu'aucun problème, nous le savons fort bien, ne peut se résoudre isolément. C'est aussi cet appui qui nous donne du courage. Nous avons besoin d'apprendre constamment. Les visites annuelles d'Anesvad nous sont très profitables. Ils jugent notre action et notre organisation et nous font des suggestions très utiles. Nous sommes requinqués, après leur passage.

16. Le raid

Au mois d'août 2004, déjà, nous avions reçu des plaintes, des dénonciations à propos de ce qui se passait dans un hôtel, en fait l'un des plus gros bordels de Phnom Penh. Cet établissement offre toutes sortes de « divertissements » sur lesquels nous avions obtenu des informations à force d'envoyer des enquêteurs qui s'étaient fait passer pour des clients potentiels. Nous avions discuté avec des filles qui avaient été forcées de se prostituer. Sur les deux cents travaillant dans ce bordel, nombre d'entre elles étaient mineures. Il y avait même des vierges à vendre.

Depuis le mois de septembre 2004, le dossier complet de l'hôtel était donc entre les mains des autorités, qui l'avaient vérifié et, début décembre, nous avions obtenu la collaboration de la police pour une descente dans cet hôtel. Un juge d'instruction avait également été désigné pour diriger le raid. Une fois les choses décidées, il fallait aller vite car des fuites pouvaient toujours se produire.

Le 8 décembre 2004 s'est déroulé le raid de l'unité de lutte contre le trafic des femmes et des enfants qui a permis le sauvetage de près d'une centaine de jeunes filles. Nous étions sur les talons des policiers durant l'intervention. Certaines filles se sont enfuies, mais il en restait finalement quatre-vingt-quatre, qui ont été conduites au refuge de l'Afesip, les locaux de la police ne permettant pas d'accueillir autant de personnes. Huit maquereaux ont été placés en état d'arrestation. Huit des filles ont accepté de porter plainte. Quand je suis ressortie de notre refuge, vers 22 heures, une grosse Lexus noire était garée devant, et deux proxénètes voulaient entrer. On leur a refusé l'accès. Notre règlement interdit justement aux macs de pénétrer dans nos locaux.

Le lendemain matin, je suis allée discuter avec les filles. Il existe, *grosso modo*, deux catégories de filles : celles qui veulent retourner sur-le-champ au bordel et les autres. Les premières sont souvent les maîtresses de personnages haut placés, elles sont assez bien traitées, détiennent de l'argent et sont désireuses de conserver leur mode de vie. Elles possèdent des portables plus chers que le mien et s'en servent pour appeler leurs protecteurs sur un ton affolé. Pour des personnages haut placés, c'est une quasi-obligation d'entretenir une petite vierge ou une jeunette dans un bordel de luxe, où ils passent les voir de temps à autre, et cela en plus de leur maîtresse « officielle » installée dans ses meubles. C'est, dans ces milieux-là, une question de standing. Les épouses légitimes sont ou ne sont pas au courant, mais il est rare qu'elles l'ignorent complètement. Elles ne peuvent pas s'en prendre à leur mari, alors elles paient parfois des hommes de main pour jeter du vitriol au visage de ces gamines. C'est leur affaire.

Beaucoup de gens m'ont téléphoné à la suite de cette intervention de police pour me mettre en garde : « Somaly, tu touches à des gens haut placés, tu vas avoir des problèmes. » L'adjointe de la directrice du service de police m'a appelée en pleurant pour me dire que sa supérieure se trouvait dans le bureau du patron de la police, en train de se faire virer. Quand elle avait obtenu ce poste, trois ans plus tôt, dans l'unité de lutte contre le trafic d'êtres humains, tout le monde avait pensé qu'elle pouvait gagner beaucoup d'argent. Elle avait fait jusque-là une belle carrière comme officier dans l'armée. Grâce à son mari, qui est gouverneur de province, elle disposait d'une voiture de fonction avec chauffeur et tout le tralala. Tout se présentait bien pour elle. Et puis, chose rare, elle a pris son travail au sérieux, elle s'est sentie concernée par le sort des victimes. Elle a accepté de travailler en collaboration avec nous sur les dossiers que nous montions. Nous sommes même devenues amies. Elle savait bien qu'en rejetant les offres de corruption, elle se faisait des ennemis, mais il ne lui semblait pas possible d'accepter de l'argent de la part de ceux dont le métier est de violer des femmes. Elle savait qu'à un moment ou un autre elle se ferait jeter à la porte.

Lorsque j'ai fait sa connaissance, quelques années auparavant, dans une réunion organisée par le ministère de la Condition féminine, notre rencontre a fait des étincelles. Elle était du genre pète-sec. J'avais fait une présentation de notre base de données sur la prostitution, un instrument qui permet de mesurer les flux de circulation des filles. Elle m'a dit :

– C'est intéressant ça. Il faut nous le donner.

– Une seconde. Qui êtes-vous, pour le demander ?

Notre deuxième rencontre s'était également mal passée. Et puis, je l'ai vue travailler. J'ai trouvé qu'elle agissait bien. Nous avons fait un voyage en province et j'ai apprécié sa compagnie. C'est une femme très humaine, elle écoute les victimes avec une véritable compassion. Elle a été très bien éduquée par des parents qui sont de vrais bouddhistes ; elle aussi est bouddhiste. Elle est *lok chum tiev*, un titre nobiliaire que l'on peut traduire par « Excellence », car elle est mariée à un gouverneur. Pourtant, elle n'en tire aucune fierté et n'utilise pas cette distinction. Chez nous, on dit que si un général a trois étoiles, sa femme en possède cinq. Aussi, je me demandais ce qu'elle faisait à ce poste. Exercer dans la police n'est jamais très reluisant. Mais elle a vraiment tenté de faire des choses, se plaignant de ne pas disposer de moyens, d'enquêteurs, de voitures pour aller chercher les filles qui réclamaient de l'aide. Nous sommes devenues très proches.

Un jour, un maquereau est venu la voir et a posé dix mille dollars sur la table. Elle lui a rétorqué :

– Quand je vous vois, quand je vois toutes ces femmes qui sont maltraitées, brutalisées... Je ne peux pas !

Et elle l'a fait arrêter séance tenante, dans son bureau ! J'étais fière d'elle.

C'est cette femme, la chef de la division antitrafic de la police, qui a été limogée. Les souteneurs arrêtés hier ont été relâchés le lendemain dans la matinée, je l'ai appris en appelant la police.

Lutter contre le trafic d'êtres humains est extrêmement difficile. Ce matin, j'ai encore reçu des menaces par téléphone. On m'avertissait que le grand chef voulait me faire tuer. Comment peut-on travailler dans ces conditions-là ? Je voudrais que les gens comprennent notre action. Nous risquons notre vie chaque jour. Des membres de notre équipe ont été suivis et menacés. Ce raid est le plus important que nous ayons effectué en huit ans d'activité. On touche là à des éléments de la mafia locale en connexion avec des milieux haut placés. Nous venons de recevoir un coup de fil de la police nous disant qu'il faut relâcher toutes les filles. Hier, les autorités organisaient et couvraient le raid, aujourd'hui ce sont les mêmes qui nous demandent de relâcher tout le monde, y compris, évidemment, les mineures. Parmi elles se trouve une petite de quinze ans qui a été beaucoup battue. Quinze ans !

Voilà. Telle est notre souffrance quotidienne. Il faudrait laisser celles qui subissent des sévices retourner là où on les maltraite, là où on les réduit en esclavage pour le profit. Que peut-on penser des maquereaux chinois qui leur arrachent les ongles ? Hier, en étant sur place, je pouvais presque ressentir toutes ces horreurs qu'on leur inflige, parce que je les connais bien.

Dans notre gouvernement, il y a des gens extraordinaires qui veulent changer les choses, et d'autres qui ne font rien. Je me sens terriblement déçue par mon pays. Je vais essayer de contacter des proches du ministre pour solliciter son aide, mais nos adversaires disposent aussi d'un puissant réseau de relations. Ils ont beaucoup à offrir et nous, nous ne proposons que des satisfactions morales.

Une heure plus tard : on apprend que les proxénètes sont entrés de force au siège de notre association. Ils ont brisé la grille, embarqué les filles dans des voitures ou sur des motos qui les attendaient dehors. Ils ont frappé et menacé de mort le personnel de l'Afesip. Ils étaient là, armés, dans la rue, tout le monde les a vus. Et nous, comment allons-nous faire avec ces autorités aveugles, avec certains policiers qui se moquent éperdument des flics de base désireux d'agir pour arrêter ce trafic ?

Les ambassades me proposent de partir à l'étranger, mais comment pourrais-je laisser notre équipe faire face seule aux menaces ? Je dois rester. Je reste.

Je me souviens que j'ai revu, il y a deux ou trois ans, le policier qui avait tué une de mes amies, en 1986. Que faire ? C'est lui qui a le pouvoir. Il est intouchable. Porter plainte ? Je n'ai pas de preuves. Je voudrais que tout le monde sache ce qui se passe parce que, demain, je ne serai peut-être plus là. Vu la tournure que prennent les événements, on ignore qui sera encore vivant demain. Mais il faut que le monde sache ce qui se passe dans notre pays.

Lors d'une opération précédente, les « petits » maquereaux, ceux qui travaillent dans des établissements modestes, nous ont invectivés : « Hé vous ! Vous n'intervenez que dans de petites boîtes. Vous n'allez jamais embêter les gros. Résultat : c'est nous, les petits, qui perdons notre boulot pendant que les gros se gobergent au soleil. » Ils avaient raison. Alors nous avons mené une enquête sur l'un de ces gros établissements, et la police a monté une opération. Sur place, les policiers ont mis les filles, d'un côté, les macs, de l'autre. Nous avions des voitures pour emmener les premières mais soudain un coup de fil me prévient : « Arrêtez tout. Quittez les lieux. » Les maquereaux riaient comme des bossus. « Ici, avec de l'argent, on peut tout faire, nous disaient-ils. De toute façon, t'es qu'un petit flic, t'es qu'une merde. Ne reviens pas. »

Ensuite, l'équipe du refuge de l'Afesip m'a téléphoné pour me prévenir que, devant le portail, dans la rue, se tenaient des gens armés, des hommes en uniformes de l'armée et de la police, ainsi que des voitures. Que faire ? À 11 h 40, mon amie de la police m'appelle pour m'avertir : « Relâche les filles. Ta vie est en danger. Nous sommes impuissantes. Il faut renoncer. Pense aux membres de ton équipe. Tu vois le pouvoir qu'ils ont ? »

À midi, les maquereaux sont entrés de force. Le chef des proxénètes a frappé des membres de notre équipe en menaçant de les tuer tous. Il agitait son pistolet en criant : « Vous n'êtes rien. Dans ce pays, sachez-le, avec de l'argent on fait tout ce qu'on veut. On fait du blanc avec du noir et du noir avec du blanc. On peut même acheter des morts pour danser. » Ils ont embarqué les filles, celles de l'hôtel et celles qui se trouvaient déjà là, soit en tout quatre-vingt-onze. L'une d'elles, arrivée une semaine auparavant d'un bordel de Prey Veng où elle avait été particulièrement maltraitée, a pu se cacher dans les toilettes. Elle pleurait comme une fontaine sous l'effet de ce nouveau traumatisme.

Moi-même, j'étais en état de choc. À vrai dire, je me doutais un peu que cela pouvait se produire. Quand j'avais discuté avec les filles, certaines, je m'en étais rendu compte, ne voulaient pas rester et assuraient que les macs viendraient les chercher. J'ai passé une bonne partie de la matinée à téléphoner aux parents de celles qui refusaient de retourner au bordel pour leur dire de ne pas s'inquiéter.

Puis j'ai alerté l'ambassade américaine. Pierre, qui se trouvait au Laos, a fait de même avec l'ambassade de France, qui m'a rappelée. Nous avons donné congé à l'équipe. J'ai organisé une réunion et décrété qu'il fallait suspendre temporairement nos opérations. Le lendemain, le 9 décembre, des filles que nous avions délivrées se sont présentées à la police pour porter plainte, contre nous, pour enlèvement. Ce seraient elles qui auraient forcé le portail du refuge pour pouvoir sortir. Un comble ! Un des responsables de la police en a profité pour nous insulter et nous accuser. La presse locale a suivi. Un journaliste m'a même appelée en me réclamant cent dollars si je voulais qu'il modifie le sens de son article, qui nous était hostile !

Ensuite, par la force des choses, nous sommes restés à la maison. Mais les pressions n'ont pas cessé. J'ai reçu je ne sais combien de coups de fil de gens provenant de l'entourage du gouvernement, de la police, m'intimant de rester tranquille, de ne pas me mêler de ce qui ne me regardait pas, et me prévenant que j'allais me faire tuer si je continuais à piétiner les plates-bandes de ceux qui comptent réellement dans ce pays. Mes enfants sont également menacés. Quand je sors, des motos me suivent. J'ai été invitée à l'ambassade de France, j'ai même rencontré M. l'ambassadeur là-bas. J'en ai été étonnée, parce que d'habitude ce sont les Nations unies et l'ambassade américaine qui nous protègent et se préoccupent de ces questions de trafic humain. Les ambassadeurs des grands pays occidentaux se sont réunis à cette occasion, mais je n'ai pas reçu un mot de l'Unicef. Pourtant, le Fonds des Nations unies pour l'enfance contribue à notre financement. Tout le monde me pousse à partir à l'étranger mais je refuse. Les autres membres de l'équipe sont aussi en danger, je ne veux pas les abandonner. C'est une cause pour laquelle cela vaut la peine de donner sa vie. Je veux bien donner la mienne : s'ils me tuent, ils ne feront que susciter beaucoup d'autres Somaly...

Samedi, lorsque je suis allée visiter un de nos établissements en province, une voiture nous a suivis. Mais ils ne sont pas très malins. On a tourné, tourné, encore, et on s'est mis à les suivre, nous. Ce ne sont pas des professionnels ! Le dimanche soir, le gouvernement a produit un communiqué, non signé, d'ailleurs, insinuant que c'était de notre faute, que nous avions porté atteinte à la liberté de personnes qui travaillent, etc. Un communiqué plein de fiel. On voit que la « maquereaucratie » touche certaines sphères du gouvernement. Pierre organise une conférence à Bangkok où il rétablit les faits devant la presse internationale.

Le lundi, comme je suis incapable de rester enfermée à la maison, je suis allée au village où nous avons un centre pour les enfants. Je suis partie à 4 heures du matin pour éviter d'être repérée. J'étais en train de travailler avec les enfants quand j'ai reçu un coup de fil de mon équipe : « Reviens vite. On veut nous tuer. » Paniqués, ils cherchaient à obtenir des visas pour quitter le pays. « Restez calmes, leur ai-je dit. Ne faites rien. » Une fille qui travaillait chez nous et qui était sortie du centre les avait prévenus qu'elle avait entendu, au marché, un groupe de six jeunes se préparer à jeter des grenades dans les locaux de l'Afesip. Or, nous n'avons personne pour nous protéger, on comprend alors qu'il soit facile de céder à la panique. À mon retour, je les ai réunis pour leur dire : « Ils ne vont pas nous tuer maintenant. Ils savent que nous avons l'appui des États-Unis. Il serait vraiment trop stupide de se mettre à dos une telle puissance. Ils ne sont pas idiots. Ils nous menacent, ils essaient de nous effrayer mais ils ne feront rien pour le moment. Restons calmes et ne les provoquons pas. Nous allons plaider pour repousser leur plainte. Nous avons des avocats et des conseillers juridiques qui s'en occupent. » Finalement, il ne s'est rien passé. Le *Cambodia Daily* a mené une enquête pour savoir qui avait forcé le portail, et des voisins ont témoigné que les maquereaux avaient mené l'assaut. Mais il est vrai que, quelques jours plus tard, chose curieuse, ces témoins se sont tous rétractés !

Des journalistes ont visité l'hôtel où les employés ont nié que c'était un bordel. Les massages ? Bah, ce sont de simples massages, pratiqués par de simples masseuses. Les tas de préservatifs trouvés lors du raid de police ? Des clients qui les avaient oubliés... Le karaoké ? Simple divertissement musical... Dans la course à la vénalité, les journalistes ne sont pas les derniers. Nous allons perdre le procès. Pourquoi ?

Parce que nous avons affaire à un homme tout-puissant dans ce pays. Il détient tout, l'argent, les armes, les relations. Les ambassades savent fort bien qui est derrière tout ça. C'est un diable vomi par l'enfer. Impossible de dire qui il est ; si je le faisais, je recevrais demain une balle dans la tête. Ce serait toucher à la limite qui sépare la vie et la mort d'un être dans ce pays.

17. Dans la peur mais dans l'action

Je passe mes nuits à pleurer. Il faut que les gens qui travaillent à l'Afesip m'aident. Les expatriés ne sont pas là, tous envoyés en mission à droite ou à gauche. Lorsque j'étais enfant, j'étais torturée physiquement, j'avais des plaies et des bleus partout. Maintenant, au sein de l'association, je connais une torture morale. Les menaces qui pleuvent sur moi ne me font plus peur depuis longtemps. Mais celles qui concernent les membres de l'équipe rejaillissent sur moi, la peur de mes collaborateurs devient un nouveau fardeau. Si je mourais, je serais enfin débarrassée de mes cauchemars. Mais qui reprendrait le flambeau ? Je dis souvent qu'il faut être fou pour mener notre action. Il faut avoir un passé terrible pour se jeter dans un présent aussi odieux et insupportable.

Ce qui me pèse le plus, ce ne sont pas tant les intimidations de ces voyous que leur effet sur le personnel de l'Afesip, qui tremble à chaque nouvelle rumeur et reporte son angoisse sur moi. Les membres de l'équipe attendent de moi réconfort, protection, sérénité, un état d'esprit que je suis loin d'éprouver, surtout quand leur panique me gagne. Je ne suis pas plus forte et plus courageuse que les autres, mais je dois répondre à l'attente de mes collaborateurs, et je ne sais pas où puiser les forces qu'il faut pour les rassurer. En tout cas, je m'y emploie et je fais bonne figure, parce que je sais qu'ils scrutent mon visage lorsque j'arrive le matin.

Par le passé, j'avais davantage de force parce que je travaillais avec des membres du gouvernement, de hautes personnalités à la tête de l'État, des membres des organisations des droits de l'homme. Mais aujourd'hui, qui m'appelle pour m'assurer de son soutien ? Personne. Ils ont tous disparu. Ils savent qu'on peut faire de beaux discours mais qu'il existe des domaines à éviter absolument. C'est épuisant, parfois je me sens exténuée. Et puis quand on touche le fond de cette abjection, on remonte à la surface, on retrouve du courage. Impossible de laisser les choses en l'état. Il faut se battre, même si on subit des défaites, il faut encore et toujours se battre. C'est ce que je fais.

Je voudrais bien poser la question à ces hautes personnalités : si leur fille se faisait violer et se trouvait contrainte à la prostitution, que penseraient-ils ? Que feraient-ils ? Je connais la réponse : ils enverraient des sbires châtier les coupables, directement, sans un mot. Mais les pauvres, quand ce sont leurs enfants qui sont happés par cette machine, que peuvent-ils faire ? Il n'y a pas de loi, pas de justice pour eux. Ce que veulent les gens, c'est du pouvoir, un point c'est tout. Quant aux grandes puissances, aux commissions internationales, elles se bornent à faire des beaux laïus, puis elles donnent de l'argent aux malfrats, déjà riches, pour qu'ils deviennent encore plus riches. Hier, j'ai reçu de Strasbourg un fax du Parlement européen m'assurant de son soutien. Très bien, mais il est indispensable d'exercer une pression. Sans pression, les beaux discours restent des phrases creuses. L'Europe attribue de l'argent au Cambodge, en réclamant de la « transparence ». Le gouvernement promet et renouvelle chaque année, rituellement, sa promesse. Si l'on veut faire pression sur ce pays, il faut ne débloquer ces fonds que sous conditions et vérifier qu'il y ait au moins un début d'application des textes. Alors, les dirigeants commenceront à réfléchir et chercheront à savoir où se trouve leur intérêt à long terme. Ils évalueront le coût de leur laxisme politique et pourraient bien changer d'attitude. Ce sont les mêmes qui ont signé les textes engageant le Cambodge à lutter contre le trafic d'êtres humains, et cela, non parce qu'ils approuvaient ces idées, mais pour se mettre en position de recevoir des « aides » financières. Sans les sanctions, les déclarations d'intention restent lettre morte. Et moi, je suis en bout de chaîne, sous le bras armé qui cherche à nous écraser parce que nous gênons dans la quête du profit aux dépens des femmes et des mineures...

Nous essayons de faire pression par le biais international puisque, à l'intérieur des frontières, nous ne sommes pas assez forts pour déclencher des sanctions réelles contre le trafic d'êtres humains. Si nous ne le faisons pas, qui le fera ? Qui sait ce qui se passe dans les bordels ? Le nombre de vierges qu'on vend à l'encan, y compris celles qui sont sommairement recousues pour resservir à de nouveaux clients ? Actuellement, on n'arrive pas à vider ces énormes bordels, mais tout le monde sait qu'ils existent et nous sommes là pour dire ce qui s'y passe. Nous y parviendrons un jour, du moins nous l'espérons. Nous voulons harceler ces malfaiteurs. Dans mon pays, ils m'appellent toujours « l'emmerdeuse ». Oui, je suis une emmerdeuse. C'est ma fonction, mon rôle dans cette société. J'emmerde tout le monde parce que je dis haut et fort ce qui est tu par les autres.

Nous organisons des « ateliers », des « forums » sur la question de l'exploitation des êtres humains et des mineures. Pour parler, on trouve toujours du monde. Au cours de l'un d'entre eux, il y avait là un homme qui pérorait. Lui, sa spécialité consiste à déflorer des vierges – nous avons nos sources ! Et voilà que cet homme vient ensuite nous tenir des discours enthousiastes sur la lutte contre le trafic ! Nous avions fait venir des victimes pour l'occasion. L'une d'elles s'est levée et s'est exclamée : « C'est toi qui m'as violée le premier. Tu veux que je décrive ton corps, tu veux des preuves ? » Tout le monde a fait semblant de ne pas entendre.

Au début, nous n'arrivions pas à faire fermer les petits bordels. Nous n'avions pas assez d'expérience, les maquereaux rigolaient. Et puis, avec le temps, l'énergie, le travail, nous y sommes arrivés. Maintenant, c'est avec les grands que nous échouons. Certes, mais nous espérons bien y parvenir un jour. Il ne faut pas se décourager. Notre politique est celle des petits pas. On passe son temps à expliquer, à faire entendre les victimes. On travaille depuis neuf ans, mais c'est seulement depuis trois ans que la coopération avec la police commence à porter ses fruits. Si tu veux changer le monde, il faut commencer petit et y aller progressivement. Moi, je veux changer le monde.

Ces trafiquants gagnent beaucoup d'argent. Une fille rapporte à peu près quinze dollars par passe, elle en fait au moins cinq par jour. Avec une centaine de filles au travail, ça fait dans les sept mille cinq cents dollars par jour, plus de deux cent mille dollars par mois. Avec de tels gains, il est sûr qu'ils peuvent soudoyer tout le monde. Quant aux journalistes qui ne veulent pas se laisser corrompre, ils les menacent personnellement.

La plupart du temps, les filles n'envoient pas d'argent à leur famille, qui a déjà touché une somme forfaitaire au moment du « recrutement ». Au bout de quelques années, lorsque les filles ont perdu leur fraîcheur et leur attrait, les bordels les laissent partir. Comme elles n'ont pas d'autre métier, et qu'elles n'ont plus de réseau familial pour les soutenir, elles vont faire des passes en plein air dans les jardins publics. Une assiette de riz pour une passe ! Elles peuvent garder l'argent pour elles, mais doivent payer un jeune gars pour les protéger contre les agressions.

D'autres, qui travaillent dans les bordels, sont emmenées le soir dans les jardins publics par leur souteneur.

Il existe aussi les « prostituées orange » qu'on appelle ainsi car elles vendent des oranges dans la rue. La nuit, le client qui achète une orange cinq cents riels (disons dix centimes d'euro) peut tripoter la fille. S'il paie le double, il peut coucher avec elle. Parfois, quand elles rentrent, ces prostituées se font attraper par des bandes qui les violent en réunion – évidemment sans payer. Souvent, des types plus ou moins soûls, arrivent à une dizaine. N'ayant pas de préservatifs, ils utilisent des sacs en plastique qui traînent par terre. Ces filles sont seules et vivent dans une extrême précarité. D'autres sont accompagnées d'un souteneur mais elles coûtent plus cher – un, deux ou trois dollars. Nos équipes sont donc présentes le soir dans les jardins. Ces filles n'ont évidemment pas les moyens d'aller à l'hôpital, mais elles connaissent notre numéro de téléphone. Elles nous appellent quand elles sont malades, ou épuisées, et une voiture vient les chercher pour les emmener dans notre clinique où elles peuvent recevoir des soins et se reposer pendant une quinzaine de jours. Nous en profitons pour leur expliquer leurs droits et leur faire comprendre qu'elles peuvent réagir, qu'il y a des portes de sortie, et, surtout, que leur vie n'est pas finie. Lorsqu'elles comprennent cela, elles retrouvent l'espoir et la force de s'en sortir. Nous voulons leur faire sentir qu'elles ne sont pas seules. Quand elles tombent malades, leur maquereau s'en débarrasse ; nous, l'Afesip, nous sommes là, solidaires. Elles sentent que nous pouvons les aider.

Certaines filles restent dans l'attente, mais elles acceptent volontiers de nous donner des informations, et quand une nouvelle vient d'arriver, de nous ménager un entretien avec elle. De la sorte, nous arrivons à avoir une connaissance précise de la situation, à l'intérieur des bordels comme dans la rue. Il arrive que certaines filles soient complètement enfermées, les macs n'ayant pas confiance en elles et les tenant sous clé. Alors, nous montons des opérations de sauvetage avec la police. Pour nous, il est capital de collecter des données, de savoir où les maquereaux vont recruter, par exemple à la sortie des nouvelles usines textiles, afin de confronter nos informations avec celles de la police. Nous sommes alors l'aiguillon qui fait bouger la cellule d'intervention contre le trafic d'êtres humains, qui manque d'informateurs et de moyens d'action. Nos collaborateurs se rendent dans les bordels au moins une fois par semaine. Les proxénètes y changent le « personnel » tous les deux ou trois mois pour attirer le client par l'attrait de la « nouveauté ». Nous apprenons aussi aux filles comment se comporter avec les clients qui sont soûls, ou violents, comment leur parler, les calmer, dans le but d'éviter les brutalités. Ça, c'est mon travail, ça marche bien mais je manque de temps pour le faire autant que je le voudrais.

Quand nos équipes de travail social ont rassemblé les données, nos enquêteurs se rendent sur place pour évaluer la question juridique. Ils se font passer pour des clients mais ils discutent avec les filles, leur posent des questions et, éventuellement, enregistrent leur déposition. Une fois que notre dossier est complet, nous l'apportons à la police pour qu'elle évalue ce qui peut être fait et qu'elle vérifie ces éléments, le cas échéant, avec ses propres enquêteurs. La police se tourne ensuite vers la justice, qui désigne un magistrat chargé de diriger les opérations, et alors, enfin, nous pouvons procéder à une opération de sauvetage, c'est-à-dire à une intervention sur les lieux de travail qui permet d'emmener les filles et de vérifier si elles sont mineures, volontaires, victimes de mauvais traitements, etc. En cas de besoin, nous leur fournissons un refuge.

Mais une opération de sauvetage ne concerne pas seulement les filles portant plainte. On arrête aussi les proxénètes qui devraient faire l'objet d'une procédure. Leur activité est interdite par la loi. Pourtant, jusqu'à présent, ils ont toujours été immédiatement relâchés et la procédure sombre dans l'oubli. Dans le refuge de l'association, les filles voient le psychologue et le médecin. On peut dire qu'elles ont pratiquement toutes attrapé des maladies. À dix ou quinze passes par jour, souvent non protégées, ce n'est pas surprenant. Elles utilisent en général des préservatifs, mais il y a toujours des cas où le client refuse, et elles n'y peuvent rien. Si elles refusaient ces clients-là, les macs les battraient. Elles sont obligées de se résigner. Nous avons aussi une assistante juridique qui informe les filles et leur donne des explications sur leurs droits. Elles n'en ont en général aucune idée. Qui, au Cambodge, pourrait penser spontanément qu'il en a ? Notre assistante les encourage à les faire valoir et à porter plainte. C'est essentiel pour l'avenir, si l'on veut « construire », garantir le droit des personnes. On cherche à donner aux victimes un sens de la sécurité, quelque chose qu'elles ont perdu depuis longtemps. C'est pourquoi on ne laisse pas les maquereaux entrer dans ce centre. Surtout pas eux !

D'autres personnes font de l'assistance sociale et s'occupent de tous les autres problèmes. Le but est de faire parler les filles, pour qu'elles se libèrent du poids de cette oppression. Le psychologue n'a pas le temps de les prendre en charge. Il diagnostique les cas lourds, et c'est tout. Mais parler requiert du temps, de l'attention. Ce n'est pas chose courante dans une société où les gens sont plutôt mutiques, où la tradition impose de taire son malheur. Seules les vieilles femmes, qui sont dégagées de toutes les obligations familiales, peuvent parfois prendre la parole et dire leur fait aux uns et aux autres. Là, chacun en prend pour son grade mais personne ne discute. Sous la protection de l'Afesip, ces jeunes filles en viennent à parler : elles portent un lourd fardeau et ne comprennent pas pourquoi elles sont victimes de ce destin. Elles se croient mauvaises, coupables, mais ne savent pas pourquoi.

Ensuite, les assistantes économiques interviennent, surtout la deuxième semaine. Elles emmènent les filles visiter nos centres de formation professionnelle, ou notre usine de textiles. Si les filles n'ont pas été vendues par leur famille, nous cherchons à savoir où elles voudraient aller. Elles ont besoin d'un temps de réflexion avant de se décider. Une équipe va se rendre dans leur famille consulter les voisins, évaluer le marché, les possibilités d'ouvrir un commerce ou une boutique. Nos différents spécialistes participent à l'enquête et cherchent la meilleure solution, compte tenu du désir de la jeune fille de vivre ou non avec sa famille.

Il y a aussi les filles qui veulent retourner travailler dans les bordels. Nous leur donnons quelques séances de formation : hygiène, sida, droits, défense, tout ce qui peut leur permettre de résister aux agressions du milieu. Toutefois, si la fille a treize ou quatorze ans et qu'elle dit vouloir retourner à sa vie dans le bordel, non, ma fille ! Nous l'emmenons visiter le centre pour les mineures. Là, avec les autres jeunes, elles bavardent, elles jouent et, au bout de quinze jours, ne veulent plus revenir à Phnom Penh. Elles vont à l'école avec les autres enfants du coin ; autant que possible, elles ont une vie normale, si leur état de santé le permet.

Pour les autres, il existe les centres de formation professionnelle. Elles y suivent quelques cours le matin. Elles sont presque toutes analphabètes. Nous avons surtout des filières pour la couture, la cuisine et la coiffure – chez nous, on appelle coiffeuse celle qui s'occupe de préparer les fiancés pour la cérémonie du mariage : elle les coiffe, mais aussi les habille, les maquille, les pare, etc. C'est un métier qui rapporte bien. Les mariages sont toujours des événements d'importance, où l'on réunit des dizaines ou des centaines de gens, avec banquet, musique, moines qui psalmodient... Quant aux couturières, il y a celles qui veulent apprendre la « mode » et s'installer au village, et celles qui préfèrent aller travailler à l'usine de l'Afesip et gagner aussitôt un salaire équivalent à soixante-dix dollars par mois [1] (plus de cinquante euros).

Dans tous les cas, nous insistons beaucoup sur l'apprentissage du calcul. Quelles que soient leurs activités, il faudra que ces filles tiennent des comptes.

Les enseignantes sont toutes des ex-victimes. Pourquoi des ex-victimes ? Pour donner du courage aux filles, leur montrer qu'en travaillant on peut s'en sortir. Celles-ci ignorent ce qu'est le travail, elles n'ont jamais vu ça dans leur courte existence. Si elles ne sont pas trop abîmées, elles peuvent devenir autonomes en une

1. Le salaire d'un fonctionnaire est en moyenne de vingt dollars par mois.

dizaine de mois. Pour d'autres, ayant subi plus de sévices, il faut compter deux ans, voire davantage.

Dans le centre de rapatriement pour les jeunes Vietnamiennes, c'est pareil. Elles y passent de trois mois à un an, ou plus, en raison des délais d'obtention des papiers, cela dépend des autorités vietnamiennes. Pendant ce temps, d'ex-victimes vietnamiennes leur donnent des cours d'alphabétisation et de couture.

Pour les mineures, il y a école le matin et activités manuelles l'après-midi : tissage, vannerie... ou jardinage. Les filles adorent la terre. Elles suivent les plantations qu'elles ont faites. Des psychologues, des thérapeutes étrangers, leur prodiguent des séances de soutien par le dessin et la musique.

Tout cela en attendant d'avoir seize ans. À cet âge, les filles reviennent à Phnom Penh. Certaines choisissent de finir leur scolarité et d'apprendre le secrétariat ou l'informatique. D'autres optent pour des filières professionnelles, qui durent deux ans. Quelques-unes se sont très bien intégrées dans des métiers qui rapportent. Donc nous avons la preuve qu'elles sont « récupérables », même si elles nous arrivent en mauvais état, et qu'il est possible de leur faire remonter la pente. Lorsqu'elles reprennent vie, elles rencontrent un homme et elles se marient. En général, elles ne cherchent pas à cacher leur passé et plusieurs sont venues se marier à l'Afesip.

Nous restons en contact. Nous suivons les progrès de leur réinsertion. Nous leur donnons les moyens de démarrer une activité – que ce soit une machine à coudre ou un cochon, enfin ce qu'il faut pour assurer une autonomie économique grâce à ce qu'on appelle maintenant, dans le monde des ONG, le « micro-crédit ». Le suivi dure trois ans, une durée minimale pour s'assurer de la réussite de cette entreprise. Nous intervenons ponctuellement, pour favoriser l'épargne, donner un coup de pouce aux investissements. Nous faisons un bilan social, psychologique, économique. Tout cela alimente une de nos créations récentes, le centre de recherches, créé il y a un an. Là, des chercheurs analysent notre base de données et essaient d'identifier les points faibles ou perfectibles de notre action. Ce centre dispose de contacts internationaux afin de pouvoir établir des comparaisons avec d'autres pays. Pour mesurer les résultats de cette recherche, nous pensons qu'il est sage d'attendre encore deux ans ; c'est un travail de longue haleine. Nous avons signé un accord avec l'université Complutense de Madrid, qui va contribuer à notre effort en envoyant des chercheurs travailler en coopération sur des points précis. Tout cela peut fonctionner parce que nous faisons un énorme travail de terrain. Nous dénombrons actuellement dans cette base de données environ trois mille victimes en réinsertion. Nous estimons le taux d'échec à 40 %, soit que les filles retournent à la prostitution, soit qu'elles meurent du sida, soit qu'elles disparaissent complètement.

Notre personnel compte cent cinquante personnes, pour la plupart sur le terrain. Nous manquons de gens sachant rédiger les rapports que demandent les donateurs et les institutions internationales. C'est un travail très spécialisé ! Cela est vrai pour moi aussi : lorsque je me rends quelque part, je commence toujours par m'excuser de ne pas savoir parler : « Je sais comment faire, mais je ne sais pas comment le dire ! »

Je dois lutter sur tous les fronts. Résister aux intimidations et surmonter les angoisses nées des menaces qui pèsent sur nous. Lutter contre la peur, très légitime, qui étreint les gens travaillant à l'Afesip. Lutter contre la mafia de la prostitution, qui est richissime. Batailler contre certains membres du gouvernement pour les pousser à agir et à mettre un terme à des pratiques inadmissibles, et à appliquer la loi qu'il a lui-même promulguée. Et pour tout cela, je suis seule. Mes amies sont mortes ou disparues. Je ne suis pas une intellectuelle, je ne maîtrise aucun savoir, je ne sais pas parler, je n'ai pas reçu d'éducation, je ne suis même pas sûre d'être intelligente. Mais c'est à moi de faire. Je dois être calme. Je dois répondre à chacun, lui donner de la force et lui insuffler la maîtrise de soi. Mon espoir est que rien ne peut cacher longtemps la vérité, qu'elle finira par s'imposer à la vue de tous. Je ne me projette pas dans l'avenir, je ne vis pas au jour le jour, mais heure par heure, minute par minute. J'ignore ce qui va se passer quand je sortirai de cette pièce. Le destin est là, qui me guette, tapi dans l'ombre. Et je ne sais rien de lui.

J'écris ce livre pour deux raisons. D'abord, je m'adresse aux filles victimes de la prostitution pour leur dire et leur montrer qu'il existe une issue, qu'elles peuvent s'en sortir, qu'on peut mettre fin au cauchemar. Même si elles ne savent pas lire pour la plupart, j'espère qu'on leur rapportera mon témoignage. Ensuite, je voudrais faire comprendre aux gens qui ne sont pas directement concernés que la prostitution forcée détruit les filles qui en sont victimes, qu'elles sont marquées à vie, qu'il leur sera très difficile, pour ne pas dire impossible, de trouver un jour le bonheur dans l'existence. J'aimerais bien aussi que ce livre soit un appel lancé à tous les gouvernements dans le monde, et pas seulement à celui du Cambodge, afin qu'ils s'impliquent davantage dans la lutte contre l'exploitation sexuelle des femmes et des enfants. Les victimes sont partout des victimes.

Je ne perds pas l'espoir. Si l'on fait de bonnes actions, viendra un moment où elles seront reconnues.

Nos adversaires gagnent pour l'instant la guerre, mais nous avons remporté une bataille : ils ont perdu la face. Personne ne s'était jamais attaqué à un tel monument. Nous les avons délogés, perquisitionnés, emmenés au poste. Nous avons montré qu'ils n'étaient pas invulnérables. C'est une atteinte terrible, pour eux qui vivent dans le culte du machisme et de l'arrogance. Je suis contente que nous ayons réussi cela. C'est le signe que nous pourrons le refaire, avec peut-être davantage de succès, et une leçon pour le monde entier. Ils ont prétendu que j'avais touché les moustaches du tigre, et que le tigre ne dort pas. Nous verrons bien. Moi, ce que je veux, c'est lui raser la moustache.

18. Deux témoignages

J'ai envie de vous emmener encore un peu plus loin dans la réalité de mon pays, dans *ma* réalité quotidienne, en laissant la parole à deux adolescentes cambodgiennes, vendues et prostituées dès leur enfance. Leur histoire est celle de milliers de petites filles cambodgiennes. Leur témoignage rejoint à peu de chose près celui de trois mille jeunes filles que nous avons aidées à l'Afesip.

« Je m'appelle Srey Peuve. J'ai quatorze ans. Ma famille est pauvre. Une femme est venue voir mes parents quand j'avais huit ans. Elle m'a emmenée en disant que, pour aider la famille, je devais faire des travaux domestiques. J'étais très heureuse de pouvoir contribuer à la vie de ma famille. Je suis partie avec elle à Phnom Penh. Là, j'ai été enfermée. On m'a obligée à recevoir les clients pour le sexe. On a donné de l'argent aux parents mais je ne sais pas combien.

Mais je n'ai pas accepté. On a ordonné aux gardiens de me frapper, on ne m'a rien donné à manger. Je suis restée enfermée. J'ai résisté à peu près quinze jours.

On me frappait avec la ceinture, le fouet, on me faisait passer du courant électrique dans le corps et, au bout de deux semaines, j'ai fini par accepter. Après quelques jours, on m'a vendue à un second établissement. Un type m'a achetée pour cinq jours. Un type de trente-cinq ans environ. Il me frappait durement. Il ne me permettait pas de sortir de la chambre de l'hôtel. Il me donnait à manger dans la chambre. Je suis restée dans cette boîte un mois, et on m'a vendue à un troisième établissement où on m'a recousue pour que je retrouve une “ virginité ”. Après, quand j'ai refusé les clients, on m'a battue avec un fouet et avec des fils de fer, on m'a fait passer le courant électrique, on m'a attachée, on me donnait à boire de l'urine, on me couvrait de scorpions et de scolopendres... Les gardiens me violaient à volonté.

La troisième patronne est moins méchante mais, si je refuse, elle me force à manger des piments. J'ai essayé de m'enfuir à plusieurs reprises, mais ils m'ont capturée à chaque fois. Ensuite, j'ai reçu des punitions très violentes. Il y a une dizaine de gardes, qui abusent de moi à tout instant.

Les clients sont aussi brutaux. Il y a trois filles de onze à douze ans qui vivent le même sort que moi. »

« Je m'appelle Chan Ry. Je suis née au village d'Anlong Goman, district de Koh Thom, province de Kandal. Un jour, une dame est venue parler à ma mère et elle m'a emmenée en me disant qu'elle avait un travail pour moi. Mais, à l'arrivée à Phnom Penh, on m'a enfermée dans une chambre. Dans la maison, il y avait une dizaine de filles, khmères ou vietnamiennes.

Il y a trois ou quatre gardes qui obligent les filles à recevoir les clients. Chaque jour je devais coucher avec dix ou quinze clients, même si j'étais malade. Les clients étaient cambodgiens et étrangers. Ensuite, j'ai été revendue mais j'ignore à quel prix. On m'a recousue à vif trois fois. Parfois les clients viennent à plusieurs. Dans le troisième établissement, il y a des filles plus âgées, de dix-huit, dix-neuf ans, mais aussi des plus jeunes, de six à huit ans. En moyenne, c'est quinze passes par jour. Là, je suis restée deux mois, et puis la police est venue et m'a emmenée.

Quand je suis arrivée dans le premier établissement, j'avais seulement sept ans. Le client préfère les très jeunes filles, comme moi. En général, le client ordonne que je retire tous mes vêtements. Si je refuse, il les déchire. Tous les clients sont méchants, mais les Cambodgiens sont les plus méchants. Les Occidentaux utilisent toutes sortes de façons, difficiles à supporter, qu'ils nous imposent. Sinon, ils nous brûlent avec leur cigarette. »

ANNEXES

L'Afesip

L'Afesip (Agir pour les femmes en situation précaire), association créée au Cambodge, est une organisation non gouvernementale à vocation internationale, dont le siège se trouve en France. Impartiale, elle agit sans discrimination de race, de couleur, de langue ou d'origine ethnique.

L'Afesip lutte contre les causes et les conséquences de l'exploitation sexuelle. Une attention spécifique est portée aux enfants et aux adolescentes, particulièrement vulnérables, forcés au commerce du sexe. L'Afesip a pour objectifs le sauvetage et la réinsertion sociale des personnes réduites en esclavage sexuel, et combat le trafic d'êtres humains.

En Asie du Sud-Est

Au **Cambodge**, l'organisation apporte un soutien aux jeunes femmes en situation de détresse et rend possible leur réinsertion socio-économique. Elle défend, protège, soigne et réinsère ces femmes, avec la collaboration d'autres organisations et institutions internationales. Son but ultime est la conquête pour les jeunes filles d'une autonomie financière par le moyen d'une réinsertion socioprofessionnelle.

Au **Vietnam**, l'Afesip débute des actions similaires dans la région de Hô Chi Minh-Ville, en orientant une grande partie de ses activités sur la prévention des risques liés à la transmission des MST et du sida.

En **Thaïlande**, l'association a ouvert un bureau afin de permettre le rapatriement des enfants et des jeunes filles cambodgiens, laotiens et vietnamiens victimes de l'exploitation sexuelle.

Cette stratégie permet de prendre en compte les problèmes de l'exploitation sexuelle, des migrations forcées transfrontalières et du retour des adolescentes dans leur pays d'origine de façon régionale.

En Europe

Afesip International a pour missions essentielles :

– de relayer et de coordonner le réseau Afesip en Asie du Sud-Est (Cambodge, Vietnam, Laos, Thaïlande) ;
– d'observer les nouveaux phénomènes d'exploitation sexuelle en Europe et d'apporter une réflexion juridique sur ce problème et celui de la prostitution.

Afesip International s'efforce de témoigner du sort et du quotidien des jeunes femmes en détresse en sensibilisant le public et les pouvoirs politiques nationaux et européens.

Ses objectifs sont :

- sensibiliser l'opinion et les pouvoirs publics aux causes et aux conséquences de l'exploitation sexuelle – les réalités locales et les enjeux internationaux ;
- administrer les ressources et coordonner les projets de terrain ;
- rechercher des fonds au niveau international ;
- constituer un réseau interactif de personnes compétentes dans le domaine de la lutte contre le trafic d'êtres humains en provenance des pays d'Europe de l'Est ;
- promouvoir une coopération Sud-Sud par l'échange multiforme entre des initiatives locales.

Les activités de l'Afesip Cambodge

• À Phnom Penh, un centre d'accueil et d'aide à la réinsertion est ouvert depuis janvier 1997. Plus de 800 jeunes filles sorties de la prostitution y ont été hébergées : logées, nourries, elles bénéficient de soins médicaux et d'un suivi psychologique. Elles reçoivent des cours d'alphabétisation et une formation professionnelle qui leur donneront la possibilité d'obtenir un emploi et une indépendance financière. La réinsertion professionnelle est un long processus qui nécessite un accompagnement suivi.

• Dans la province de Kompong Cham, un centre agricole destiné aux jeunes filles de moins de seize ans a été construit et fonctionne depuis décembre 1998.

Situé au milieu des rizières, à proximité du Mékong, ce centre permet une scolarisation normale des jeunes filles et une réimmersion dans le milieu rural cambodgien dont elles sont issues.

• À Siem Reap, un centre a été ouvert au milieu de l'année 2001, les résidentes y sont encore peu nombreuses. Cependant, dans un futur proche, il fera office de centre de transit et assurera la réintégration des victimes cambodgiennes et vietnamiennes exploitées à l'étranger.

Les activités de l'Afesip Cambodge sont les suivantes :

– sensibilisation de la population et des autorités cambodgiennes sur les risques de transmission de maladies sexuellement transmissibles (MST) et du sida, et sur le trafic de femmes et d'enfants ;
– prévention des MST et du sida auprès des popultion à risque (armée, police, étudiants) : projet dit « SSPS » (Société sexe prostitution sida), initié par l'Afesip Cambodge en octobre 1998 grâce au soutien financier de l'Office humanitaire de la Commission européenne (ECHO) ;
– enquête et suivi judiciaire de cas de victimes ayant subi des traitements inhumains, cruels et dégradants ;
– travail social auprès des jeunes filles qui sont rencontrées sur les lieux de prostitution (information sur les règles d'hygiène essentielles, les risques liés à la transmission des MST et du sida, et les droits civiques) ;
– accueil et suivi médical et psychologique, au centre, des jeunes filles désireuses de quitter les lieux de

prostitution et de se réinsérer socio-professionnellement. Pendant la phase initiale de « gestion des traumatismes », un bilan médical et psychologique est entrepris par les spécialistes de l'équipe Afesip, qui permet d'élaborer des traitements et thérapies adaptés à chaque cas. Pour la gynécologie et autres spécialités, les résidentes sont référées à des structures médicales spécialisées ;
– formation professionnelle des résidentes (couture, coiffure, restauration) en fonction de leurs intérêts ; des cours de khmer et de calcul sont également dispensés ;
– réinsertion des jeunes filles, c'est-à-dire préparation psychologique à la réinsertion, identification de l'environnement et des conditions de réinsertion (emploi, logement, relations familiales, octroi de primes et de prêts) ;
– suivi des jeunes femmes aussi longtemps que nécessaire dans leur parcours professionnel et leur vie extraprofessionnelle, la réinsertion étant un processus long et complexe.

De plus, l'Afesip Cambodge a mis en place une politique d'autofinancement de certaines de ses activités :
– un restaurant associatif fonctionne dans le centre de Phnom Penh et réalise d'ores et déjà des bénéfices qui seront réinvestis dans la création d'emplois ;
– deux salons de coiffure (dont l'un sert d'école de coiffure) sont ouverts au public.

Les excédents agricoles et de production artisanale sont utilisés par les résidentes de Phnom Penh.

Les activités de l'Afesip International

En Europe, l'Afesip International poursuit les activités suivantes :

• Gestion de la communication de l'Afesip :
– création et mise à jour périodique du site internet www.afesip.org ;
– relations avec les télévisions (reportages réalisés au Cambodge par les télévisions française, américaine, italienne, anglaise, suisse, espagnole, hollandaise, allemande, japonaise) et avec les radios (RFI, Radio suisse romande) ;
– relations avec la presse écrite internationale.

• Administration et consolidation des ressources des missions de l'Afesip (l'Afesip International travaille sur un programme régional – Cambodge, Vietnam, Laos et Thaïlande – à long terme d'une durée de trois ans).

• Établissement de partenariats avec des ONG du Sud : échanges d'informations et de savoir-faire entre des projets locaux à dimension sociale visant la réinsertion et l'émancipation des femmes en situation précaire et la protection de l'enfance.

• Création d'un groupe pluridisciplinaire de réflexion sur l'esclavage :
– anthropologie contemporaine de l'exploitation sexuelle ;
– histoire contemporaine du trafic d'êtres humains ;
– mise en œuvre de la Déclaration du Congrès mondial contre l'exploitation sexuelle (Stockholm, 1996).

• Constitution d'un réseau interactif de personnes compétentes dans le domaine de la lutte contre la traite des êtres humains, afin d'échanger des informations pertinentes et d'apporter des réponses innovantes quant au trafic des filles de l'Est à destination des pays occidentaux.

Les acteurs de l'Afesip

Somaly Mam, présidente fondatrice d'Afesip International, a longtemps travaillé dans le cadre de programmes de prévention du sida et des MST auprès des populations à risque du Cambodge. De cette pratique et de son expérience personnelle a découlé la création d'un centre d'accueil et de réinsertion pour les jeunes filles victimes de l'exploitation sexuelle.

Elle est actuellement présidente d'ECPAT Cambodge (End Child Prostitution Child Pornography and Trafficking of Children for Sexual Purposes) ; présidente de WCCO (Women Confederation of Cambodian Organizations), confédération de plus de cinquante ONG locales ; sixième directrice de ACWO (Asean Confederation of Women Organizations).

L'Afesip Cambodge emploie 72 personnes.

Le centre de Phnom Penh est dirigé par une équipe soutenue par cinq experts internationaux : Somaly Mam, une infirmière psychologue, un biologiste, un coordinateur technique et un administrateur.

Des anciennes prostituées, dont certaines sont actuellement séropositives, aident à la mise en œuvre du programme de prévention des MST et du sida.

Le responsable des enquêtes est le spécialiste cambodgien du trafic d'êtres humains auprès des comités internationaux.

Le bureau international est constitué de personnes provenant d'horizons professionnels différents mais possédant toutes une expérience humanitaire.

L'Afesip International est une association française loi de 1901, enregistrée sous le numéro 2/20642 à la préfecture des Alpes-Maritimes. Elle est composée de plus de 600 membres, dont 541 donateurs européens et 99 donateurs américains.

Les partenaires de l'Afesip

Les actions de l'Afesip ont été réalisées grâce à la contribution de donateurs privés et à une collaboration financière et technique de plusieurs organisations, d'institutions nationales ou internationales :

– ministères cambodgiens de l'Action sociale et du Travail ;
– ONG cambodgiennes ;
– Agences des Nations unies : Unicef, BIT/IPEC, OMS, UNHCHR, PAM ;
– Commission européenne (ECHO), SCF-UK, ambassades de Belgique et de France au Cambodge, SKN, Anesvad, PADEKC, CCFD, SOS Enfants des Hommes/Nouvelle-Calédonie, Dotations Nord-Sud, AMHE...

L'Afesip aujourd'hui

L'Afesip continue de s'agrandir. Après le Cambodge, le Vietnam et la Thaïlande, nous avons ouvert un bureau au Laos. Pour la Birmanie ou la Malaisie, nous attendons encore.

Dans le même temps, nous avons dû cesser certaines activités, faute de subventions suffisantes.

En 2005, le centre de rapatriement du Cambodge a dû fermer ses portes. Il permettait aux jeunes Vietnamiennes d'apprendre à lire et à écrire avant de retourner dans leur pays d'origine. Nous avons besoin de rouvrir ce centre, compte tenu du nombre croissant de jeunes filles déplacées.

De même, en décembre 2005, le restaurant associatif d'Afesip à Phnom Penh, qui employait quinze victimes, a fermé. Certaines de ces filles travaillent désormais en tant qu'aides cuisinières au centre d'accueil et d'aide à la réinsertion, d'autres ont décidé de suivre une nouvelle formation professionnelle. Nous devons trouver un nouveau lieu pour que ce restaurant existe à nouveau.

Au cours du troisième trimestre 2005, les employés de l'Afesip n'ont pas pu percevoir leur salaire pendant trois mois. Ils ont néanmoins continué à travailler. Aujourd'hui, ils perçoivent de nouveau un salaire et versent 30 % de celui-ci pour venir en aide aux victimes.

Au Vietnam, le centre d'accueil de Ho-Chi-Minh-Ville reçoit de plus en plus de jeunes filles. Sa capacité d'accueil est insuffisante. Il faut trouver un nouveau centre.

Dans tous les cas, la réinsertion des victimes coûte cher. Pendant trois ans, elles sont suivies par des membres de l'Afesip et par des médecins. En raison de l'absence de couverture sociale au Cambodge, l'association est régulièrement amenée à prendre en charge leurs soins médicaux mais aussi ceux de leurs familles afin que tous retrouvent un équilibre. Le coût de ces soins est élevé. À titre d'illustration, en décembre 2005, l'Afesip a pris en charge, à hauteur de 1 200 dollars, l'intervention chirurgicale d'une ex-victime.

Enfin, aujourd'hui, beaucoup de victimes de l'exploitation sexuelle sont droguées. L'Afesip n'a ni les moyens ni la capacité de les soigner. Il reste donc encore beaucoup à faire. Grâce à votre soutien, l'Afesip poursuit et étend son action.

*

Vous pouvez soutenir les actions de l'Afesip en adressant vos dons à :

AFESIP France
27, rue Lacépède
13004 Marseille

– ou par virement bancaire :
Titulaire du compte : A.F.E.S.I.P.
Domiciliation : agence Société Générale, Marseille Vieux-Port (02020)
Références bancaires :
Banque : 30003
Agence : 01397
Numéro de compte : 00037260516
Clef : 34

Identification internationale :
IBAN : FR 76 30003 01397 00037260516 34
BIC-Adress swift : SOGEFRPP

Coupon d'adhésion

Nom : .... Prénom : ....

Adresse : ....

....

E-mail : ....

Je veux devenir : ***Je donne :***

- ❑ Membre adhérent (cotisation annuelle) — 45 euros
- ❑ Membre donateur (don inférieur à 150 euros) — [ ]
- ❑ Membre bienfaiteur (don supérieur à 150 euros) — [ ]

Afesip France – M. Pierre Gazin
27, rue Lacépède, 13004 MARSEILLE

Adresse utile

AFESIP International
#23, Street 315, Sangkhat Beoung Kak 1,
Khan Tuol Kork
Phnom Penh
Kingdom of Cambodia
Tél./Fax. : (855) 23 884 123

Email : somaly.mam@afesip.org

Site internet : www.afesip.org

Afesip Fair Fashion : le commerce équitable

Afesip Fair Fashion (Afesip Mode équitable) a pour objectif la réinsertion sociale et la promotion économique des femmes ayant été victimes de la prostitution ou d'autres formes d'esclavage sexuel, dont la pauvreté, la vulnérabilité et la marginalisation sont souvent conditionnées par leur manque d'accès aux moyens de production.

Afesip Fair Fashion a développé son propre code éthique fondé sur le concept de commerce équitable et sur le respect des droits des travailleurs. Il assure des salaires dignes dans le contexte local, offre des opportunités égales à tous les employés, garantit santé et hygiène dans le poste de travail, propose assistance technique et soutien social en cas de nécessité. De plus, la participation des femmes en situation précaire est requise dans la structure interne de l'Afesip Fair Fashion et le processus de prise de décision.

REMERCIEMENTS

Je remercie toutes les personnes qui me sont venues en aide et qui ont soutenu l'action de l'Afesip sous quelque forme que ce soit.

Table

Annexes

Composition réalisée par PCA

Achevé d'imprimer en juin 2007 en Espagne par
LIBERDUPLEX
Sant Llorenç d'Hortons (08791)
Dépôt légal 1re publication : juin 2007
N° d'éditeur : 86836
Librairie Générale Française – 31, rue de Fleurus – 75278 Paris Cedex 06

31/1829/6